Madre in Spain

señorita puri

Madre in Spain

Historias de una madre que sueña
con depilarse las dos piernas el mismo día

PLAZA JANÉS

Primera edición: abril, 2016

© 2016, Purificación García
© Jorge Arévalo, por las ilustraciones interiores
© 2016, Penguin Random House Grupo Editorial, S. A. U.
Travessera de Gràcia, 47-49. 08021 Barcelona

Printed in Spain – Impreso en España

ISBN: 978-84-01-01701-8
Depósito legal: B-2.118-2016

Compuesto en La Nueva Edimac, S. L.

Impreso en Soler
Esplugues de Llobregat (Barcelona)

L 0 1 7 0 1 8

Penguin
Random House
Grupo Editorial

A Perla

Índice

Los científicos dicen que estamos hechos de átomos, pero a mí un pajarito me contó que estamos hechos de historias.

EDUARDO GALEANO

Todo encaja

Causa admiración, causa admiración,
causa admiración cómo trabaja el
corazón.

Amanece que no es poco

Uno más uno no son siete. Yo tengo dos hijos y puedo asegurar que uno más uno son catorce, o veintinueve. Y a veces hasta cuarenta y seis. Tener un hijo es vivir en una constante arritmia. Un niño corre, salta, grita, llora, ríe, rompe, come y habla a la vez. Si pusieras a un niño jugando y hablando junto al ordenador *Deep Blue*, ese que jugaba al ajedrez, a la media hora al aparato se le fundiría la placa base, aprendería a hablar y se pondría a gritar: «¡¡ECHADME AGUA A PRESIÓN!!».

Mi hijo Pablo tiene cinco años y la pequeña Julia, tres, y todo el mundo me ha asegurado que cuando crezcan se calmarán, que son cosas de la edad, pero llevo escuchando eso desde que los parí, así que ya no me fío ni un pelo. La maternidad te transforma en un imán de cuñados, sabelotodos, fanáticos, pediatras en funciones, quirománticos, naturópatas y visionarios que utilizan tu bombo como bola de cristal de advenedizos presagios y negros advientos. Para colmo, trabajo en atención al cliente de un supermercado, de modo que a los consejos de amigas y amigas-de tengo que sumarle los de las clientas confianzudas que con la bandera de la omnisapiencia convierten sus experiencias en un dogma de fe o, peor, ni siquiera sus vivencias, sino absurdas creencias populares que escucharon en algún momento. «Escucha música clásica a todo trapo durante tu embarazo o colócate unos auriculares en la tripa, las ondas musicales llegarán al bebé y tu hijo será un reputado melómano. Pero de toda la vida.» Toda gilipollez consumada queda automáticamente demostrada si añades la coletilla «de toda la vida». Vale, y si quiero que el bebé sea pintor, ¿qué hago? ¿Me unto la tripa con aguarrás? ¿Me pinto un 6 y un 4 en cada teta?

No, tranquila, no tendrás que recurrir a trucos de esos porque tus hijos van a estar pintando, quieras o no, hasta que se les descalcifique la muñeca. Dale un papel a un niño y pintará en todos lados menos en el folio. Dale un instrumento musical y desearás poder enchufarte unos auriculares, pero no aquellos del embarazo sino unos gordos acolchados de los que llevan los obreros de la construcción cuando están picando cemento con un martillo neumático. Es más, te cambiarías inmediatamente por el señor del martillo. Tu hijo en casa a tope con la flauta nueva que le ha regalado su tío —quien, por supuesto, no tiene hijos—, dos horas que lleva el angelito sopla que te sopla y no se cansa ni a tiros. Tiene más pulmones que los tres tenores juntos. Y tú deambulando por casa con las meninges en ebullición, la mirada perdida como Paco Rabal en *Los santos inocentes* mientras murmuras con un hilo de voz «¡Migraña! ¡¡Migraña bonita!!».

Pues no, ni santos ni inocentes: unos piezas de cuidado. Porque además del ruido, los críos van a la suciedad y al peligro. Todos. Siempre. Un niño tal vez no sepa encajar el cubito en el hueco-con-forma-de-cubito, o llevarse una cuchara a la boca sin tirar la mitad del puré, pero sabe perfectamente que lo más guay del mundo es meter un cuchillo de sierra en los agujeritos del enchufe, o que el mejor sitio para guardar tu móvil es la taza del váter. Si resulta que la taza aún tiene pis o caca, el atractivo se incrementa un 800 por ciento. Eso si el pequeño no acaba de hacerse con un bote de amoníaco (que, por cierto, es cuatro veces más grande que él), mientras acerca la boca para meterse un lingotazo. Sí, queridos amigos, Walt Disney se equivocó: a los niños no les interesan los castillos de ensueño con animales de peluche de dos metros. Eso es una mariconada, un síndrome de Estocolmo provocado por el lavado de cerebro después de mirar dibujos animados cuatrocientas horas a la semana. A un niño lo que le mola de verdad, lo que le pone a cien, es un buen charco. Y no me refiero a los charquitos que se forman en los columpios, no, me refiero a los gordos, los de las calles, esos que son más negros que el sobaco de un grillo, de los que si extraes la mugre que hay dentro, puedes reconstruir el ADN de un diplodocus. O sea, un señor charco comido de mierda que tenga al lado un cable pelado cuyo extremo opuesto esté conectado a una torre de alta tensión en plena tormenta eléctrica. ¡¡¡¡ESO ES DIVERSIÓN!!!!

¿Quieres comprobar lo de la aguja en el pajar? Lleva a un niño a un pajar y no sólo se pinchará con la aguja, se caerá de lo más alto, se hará una brecha y, cuando regreséis del hospital, volverá al pajar y se volverá a pinchar. Tener hijos es ser Bill Murray en el día de la marmota, atrapado en una sucesión de rutinas, sólo que en vez de *I got you babe* en tu cabeza suena «Pimpón es un muñeco muy guapo de cartón», que ahora que lo pienso, si es de cartón, ¿qué demonios hace lavándose la carita con agua y con jabón? ¡¡QUE SE DESHACE, JODER!! Vas tantas veces al parque de atracciones que les acabas poniendo nombre a los caballitos del tiovivo. Te conoces tan bien el recorrido de la montaña rusa que tienes pesadillas donde se te aparece la chica de la curva en un *looping*. Y de tantas visitas que haces al zoo terminas por cogerle cariño a las focas y a las orcas, y cualquier día te ves lanzándote al agua montando un «liberad a Willy» en la piscina, con un cachalote de novecientos kilos y tú gritando: «¡¡¡¡TÚ PUEDES HACERLO, PUEDES SER LIBRE!!!!».

Estamos en esa etapa de la vida en la que al sentarte dices «aaay» y al levantarte «ufff». Con un hijo te pasa como a los perros: en un año envejeces siete. A golpe de pálpito tu cuerpo acaba por transformarse y, como en un videojuego de matar marcianos o fulminar gominolas, cada microinfarto aniquila las pocas neuronas que te van quedando. Con tu primer hijo te transformabas en Paranoia Man, el superhéroe pulcro, pendiente de eliminar cada mota de polvo y desinfectar uno a uno los hilos de un babero, o de ir al parque y embalar el tobogán con papel burbuja. A la hora del baño metías la tortuga termómetro para que la temperatura del agua estuviera perfecta. Luego el codo, luego otra tortuga termómetro pero en grados Fahrenheit, por si la otra fallaba. Y porque no tenías a mano una tortuga que midiera en grados Kelvin, que si no la metías también. Sonreías si el bebé te meaba en la cara y en la ropa. No pasaba nada. «*I'm siiinging' in the raiiin...*» Todo era cuqui, gracioso, guay y quedaba registrado en cientos de horas de vídeo y terabytes de fotos. ¡Ah, qué tiempos aquellos cuando éramos niños, donde un carrete duraba un cumpleaños, unas vacaciones de verano y una Navidad, y las fotos tomadas con una cámara *guarripeich* salían perfectas!

Con el segundo hijo todo cambia de forma radical: ni tortuga, ni codos ni gaitas. Metes la mano en la bañera y dices «cojonuda», y hala, a bañarlo. ¿Que un chupete cae al suelo? Lo coges, lo chupas y se lo metes en la boca, que seguro le crea anticuerpos. ¿Que el niño se ha dado una hostia contra una esquina oxidada de un columpio que inauguró Franco? Abrazo, mimos, salivilla (la saliva es el aloe vera materno, sirve para todo), un poco de «ea-ea-mi amor», y a correr. Con dos hijos ya no tienes la necesidad de que hable ocho idiomas, toque nueve instrumentos musicales y sepa conjugar verbos en modo subjuntivo con apenas seis meses. Ya lo hará, te dices, que tiene toda la vida por delante. Y es así.

Y cuando ocurre algo grave de verdad, *no problem*, que tú ya estás curada de espanto. Si el niño empieza a vomitar como una fuente o si se *escogorcia* haciendo el animal, tu corazón pasa de sesenta a doscientos latidos y activa una supermemoria propia de un show de talentos, combinada con la destreza de un médico de esos de serie yanqui, todos guapos como modelos, todos liados unos con otros y todos listísimos:

—¡¡A ver, cari, rápido, tenemos un paciente en estado febril con principio de bronquitis y flemas en orificios nasales y garganta con posible desviación hacia la zona pulmonar!! —ordenas a las cuatro de la madrugada, cuando hace apenas catorce segundos estabas profundamente dormida—. Yo sujeto al niño, tú prepara una cucharada con 2,5 ml de Dalsy, 1,8 de Mucofín, una gota de Rinalar en cada orificio, ponle el termómetro en el culo y resta medio grado, mójale las muñecas, frente, cuello, prepara un bibi con agua para que le bajen las flemas, arranca el coche y espera en la puerta al ralentí por si hay que salir *mangaos* al hospital. ¡¡Vamos, vamos, no hay un minuto que perder!!

... Pero, como dice el cliché, todo pasa. Les ves reír y te olvidas. Los momentos de angustia quedan olvidados cuando los ves correr, jugar, aprender, decir sus primeras palabras, o sus no palabras... Entonces te das cuenta de que las desilusiones se compensan con creces con las alegrías. Y todo encaja. Así son. Agotadores. Inevitables. Imposibles. Maravillosos.

Aaay...

Lecciones de vida de tomo y lomo

El hombre no es la negación del niño
sino su desarrollo, y ¡desdichado el que
quiere borrar lo que fue!

LOUIS ARAGON, *El libertinaje*

Decía Albert Einstein que la educación es lo que permanece después de olvidar lo aprendido en el colegio. Pero ¿qué ocurre con lo *no aprendido*? ¿No sería mucho más útil dejar de desperdiciar el tiempo en enseñar cosas que sabemos que no vamos a recordar (no digamos ya a poner en práctica) y educar en asuntos más útiles para la vida? Las integrales, las derivadas o las raíces cuadradas, por ejemplo. ¿Para qué demonios sirven? De acuerdo, soy de letras y es una pregunta sesgada. Seguramente en algún lugar esté leyéndome un ingeniero de bata blanca, junto a una pizarra verde plagada de largas fórmulas matemáticas, al borde del ictus ante mi ignorancia y desdén. Pero sí, los colegios no nos enseñan cosas cargadas de practicidad como: ¿qué es más correcto decir cuando fallece alguien?, ¿«Te acompaño en el sentimiento» o «Lo siento»?; ¿cuánto debe durar un abrazo?, ¿cuánto una despedida?, ¿cuándo debemos pronunciar «Felicidades» y cuándo «Enhorabuena»? Hay preguntas más necesarias, si cabe, cuyas respuestas sólo hallamos tras repetidas pruebas y errores que, a base de golpes, de mudar sonrisas en desdichas y llantos, terminan por curtirnos la piel y el alma, difuminando (y a veces borrando) aquel espíritu original, inocente y puro: ¿cuándo debemos lanzarnos a dar un primer beso?, ¿llevamos la iniciativa o dejamos que la lleve el otro?, ¿y si está más bloqueado que nosotros?, ¿y si ese lelo que está comiendo palomitas compulsivamente a nuestro lado, observando la pantalla del cine (y que nos rozó los dedos de la mano inocentemente al empezar la película) está destinado a ser el padre de nuestros hijos, pero su no-saber-qué-hacer está a punto de dinamitar nuestro futuro en común?, ¿le besamos de una vez, saltándonos todos los convencionalismos, las estúpidas normas? «Mirad, hijos, ya tenéis una edad y debo confesaros que los horribles rumores que habéis escuchado son ciertos: vuestro padre no me besó primero. Tuve que llevar yo la iniciativa porque estaba agilipollado perdido.» Sí, seamos de nuevo ese espíritu original, levantémonos de nuestra butaca, agarrémosle de las solapas, meneándole con violencia mientras escupe palomitas en estado de shock, y gritémosle a la cara: «¡QUE ME BESES, COÑO!».

La maternidad es un cúmulo de momentos palomiteros, de imprevisibles giros de guión, explosiones de felicidad, besos arrebatadores y puñetazos al estómago de las emociones que nos levantan de la cómoda butaca de la oscura sala de nuestra rutina, y nos bloquean la razón y la cordura. ¿Qué hago si mi hijo nace feo, pero muy feo, con la nariz esa fea del padre y las cacho orejas de mi abuela? ¿Y si cuando nace me mira y no le gusto? ¿Cómo explico a mi hijo la vida? ¿Cómo le explico la muerte?

Cada día, cientos, miles, millones de hombres y mujeres se enfrentan al abismal vacío del desconocimiento, y muchos hallan refugio en las revistas para padres, sólo para descubrir poco después que allí tampoco están las esperadas respuestas. Ya está bien. Renovemos el sector editorial con libros realistas que iluminen el camino de los padres y madres. Aquí van mis propuestas para algunos títulos:

– Si me queréis, irse: el hospital no es una discoteca. Acabo de parir y os quiero fuera de aquí pero ya.

– Arturo Pérez-Reverte publica *El Capitán Alatriste contra Batman y Robin,* y Pixar descongela a Walt Disney y lo pone a dirigir *Toy Story 9*, y otras noticias que serán portada cuando tú vuelvas a dormir ocho horas seguidas.

– Tu hijo es más feo que una nevera por detrás. Manual de diplomacia básica ante un recién nacido.

– Comer, ir al baño y escribir un e-mail, todo a la vez. Ya verás como puedes.

– Sobaca mora: el nuevo *must*.

– Los Cantajuegos y la madre que los parió a todos y cada uno: cuando en tu cabeza suena una canción veinticuatro horas seguidas.

– No me ha estallado una bomba en el salón, sólo tengo niños. El caos como modo de vida.

– El monstruo del Lago Ness, el Chupacabras y por qué la ropa de los niños es más cara que la de los adultos si es diez veces más pequeña. Grandes misterios de la humanidad sin resolver.

– Vida diaria con un bebé en brazos: cómo resolverlo todo con una sola mano.

– Crack, cocaína, rotuladores e instrumentos musicales: cosas a mantener siempre lejos de tus hijos.

– Los 85 cierres diferentes de un pijama para niño, y cómo manejarlos a todo meter mientras tu bebé grita y se caga sin control.

– Mi Suegra vs Mi Madre: duelo a muerte en el salón de casa.

También habrá un artículo para mujeres, enfocado a la pérdida de libido tras el parto: «Doctor, me ha vuelto a crecer el himen, ¿es grave?». Y, por supuesto, no puede faltar la versión para ellos: «¡¡Cómo resolverlo todo con una sola mano!!».

It's The Final Countdown

Los meses de embarazo son un sinvivir. Te los pasas observando ecografías indescifrables, de las que sigues sin explicarte cómo teniendo superordenadores como los de hoy continúen pareciéndose tanto al mapa del hombre del tiempo en los setenta. Esperas que el ginecólogo te diga: «Mira, aquí hay un bracito, aquí está el corazón, y eso de ahí es una borrasca que entra desde el Cantábrico». Por no hablar de cuando te dicen que el bebé está en fase lenteja y en pocas semanas pasará a la fase alubia. Te quedas descolocada pensando: «¿Pero yo voy a tener un niño o un potaje?». No sabes si irte al supermercado con la lista de la compra o con la ecografía.

A semejante trajín se le suma la urgencia de que todo esté listo para la llegada del bebé, porque nos han dicho, o hemos leído, que no vamos a tener tiempo para nada, nunca jamás. En la vida. Y lo malo es que tienen razón.

El bebé quiere estar calentito, alimentado y a gusto en tu tripa, pero tú quieres, NECESITAS, que aunque no vayas a parir hasta dentro de unos meses la casa esté tan perfecta como para un reportaje del *¡Hola!* Las cortinas impecables, la alfombra aspirada y sin una arruga, la butaquita, los juguetitos, la ropita, faldones, gorritos, manoplitas, sabanitas y patuquitos ordenaditos... Todo tu mundo se define ya por diminutivos. La decoración te ocupa jornadas interminables de estudios y sesudos análisis de cucos (o moisés, o serón, que dice mi abuela), cunas, cunas cama, con paredes o con barrotes, con cabecero de colores o de dibujos, o liso, blanco, blanco roto, azul o beige, ruedas blancas o ruedas negras, que se la entregamos en dos meses o le damos la que está de muestra, señora, que vale la mitad y tiene ocho golpes pero que apenas se notan. Colchones de látex, viscolátex, espuma, recto o con bordes redondeados, muelles, carritos, sillas, capazos, maxicosis, sillas para el coche grupo 1, 2 o 3, con Isofix y sin él, con forros de un color o de otro, con el extra para colocar la bebida, y el extra del protector de lluvia, y el extra del parasol, y el extra del extra, y la bolsa de los pañales, a juego o no, pero con el nombre bordado. Que el mundo sepa que tu hijo se llama SERAFÍN. Que casi te cuesta el divorcio y un aborto espontáneo. SERAFÍN. Lo quiero tal cual, bordado en letras bonitas y en cursiva. Luego tendrás un segundo hijo, una niña ideal, y descubrirás con horror la putada de que todo su mundo se resuma a SERAFÍN. Pero ahora estás a otra cosa. Ahora mismo no puedes pensar en el futuro. Ya tienes la cuna y te faltan las chichoneras, los cobertores, las sábanas con ositos, conejitos, abejitas, maripositas, dibujos de Disney, de Beatrix Potter, de Winnie the Pooh, o de Agatha Ruiz de la Prada. No, de esa no, por Dios, antes me arranco los ojos. Pides el día libre y aprovechas para hacer pis 47 veces. Te conoces los baños de todos los bares de tu barrio y de todas las tiendas de Madrid. Esperas en casa. El que monta las cortinas no aparece. ¿Habrá llamado a la puerta mientras estaba en el baño? Hablando de baño: me falta la bañera. Y un móvil para colgar en el techo justo encima de la cuna; que sea algo sencillo, que se mueva solo. O mejor que se mueva tirando de una cuerda. No, con proyección de imágenes. Y una mesita de noche, y una cómoda con cajones con guías, sin guías, con el sistema ese que se frena para no pillarse los dedos; y pomos con forma de estrella, ¿o con forma de luna? El de las cortinas sigue sin aparecer y mis hormonas ya parecen las de Hulk. Espero tanto que me da tiempo a leerme el Código Civil y planificar la defensa perfecta para cuando me lleven a juicio por golpearle con una llave inglesa y rematarlo, ya en el suelo, con un hueso de jamón congelado que guardaba para hacer cocido el domingo. Céntrate, Puri. Vamos a ver, voy a echarle un vistazo a la lista de lo que falta: cambiadores, colchonetas, de rayas (o lisas), butacas, mecedoras, sillas, sillones, tronas, lámparas, pantallas de lámpara, estores, estores de cadena, enrollables, de *screen*, translúcidos, de *blackout* u oscurecimiento, rectos o *paquetto*, lino o poliéster o mixto («que se plancha mejor, hágame-caso-señora»); tiendas caras, baratas, buenas pero con malas críticas en los foros, buenas pero pijas y un robo a mano armada en pleno centro; buenas y baratas pero en polígonos en casa Dios. Baldas, estanterías, suje-talibros, alfombra de lana o sintética, no, sintética no, que raspa y es cutre, pues no sé si el niño tiene alergia, es que aún no ha nacido, pero ¿cómo puede valer eso una alfombra de lana, está *usté* loco?, bueno pues tipo moqueta, vale ésa, sí, con ribetes, no, con flecos, no, con ribetes mejor, que los flecos se los come y me veo en urgencias. Pues azul. Pues lisa. Pues con rayas. O cuadritos, sí. ¿Cómo que vichí? ¿Pero vichí no era una marca de agua? Déjelo, mejor círculos. Ay, no sé ya. Me agobio, me voy a Ikea, cuarenta viajes a Ikea. No, oiga, yo no puedo cargar el armario Møngölhåm ese de sesenta kilos, ¿no ve que estoy embarazada? Pero ¿dónde coño está el de las cortinas? ¡Que no puedo pedirme más días, que me van a echar! Por fin viene pero no trae escalera, y yo qué voy a tener una esca-lera de cinco metros, oiga, no me dedico a colocar cortinas, caballero, pues súbase encima de su compa-ñero y hagan de *casteller*, pero déjeme las cortinas puestas ya y no me caliente la cabeza que estoy de cinco meses y estoy muy loca.

... Y las cortinas quedan colocadas, y el cuarto está listo, y los detalles elegidos y, en fin, todo en orden. Orgullosa, invitas a tus amigas a que admiren tu arte en la decoración de interiores. Entonces una te suelta: «Chica, me habías asustado. Creí que era la obra de El Escorial y tampoco es *pa'* tanto. Son cuatro cosas». Le diriges una intensa mirada a tu amiga. La estupefacción se va convirtiendo en odio africano, y dudas entre asfixiarla con el osito de peluche o taponarle la tráquea con un patuco. Antes de hacerlo respiras profundamente, como te han enseñado en los cursos de preparación al parto. Inspirar... espirar... inspirar... Miras la casa, tan colocadita y organizada, y piensas: «Pues la verdad es que tiene razón».

Berrea, berrea

Fue hace unos cuantos años. Mientras la madre se reponía del parto, el pediatra del hospital pidió a mi amigo, orgulloso padre primerizo, que por favor le acompañase fuera. El padre mudó su expresión a preocupación y, a medida que el médico le alejaba por el pasillo, se adentraba en el pánico. Junto a una vidriera hortera, rodeados de los centros de flores que montaban guardia en cada puerta, el médico le confió:

—Mire, llevo veintiséis años ejerciendo. Veintiséis. Lo sé todo de niños, pañales, chupetes, enfermedades y remedios de todo tipo; pero cuando mi primer hijo nació, mi mujer pasó a tratarme como si fuera un completo inútil, un incompetente y un insensible, y en cambio ella tuviera muchos más conocimientos sobre bebés y medicina que yo. Si el niño lloraba, mi mujer era capaz de interpretar ese llanto entre nueve lamentos distintos: dolor, hambre, sueño… Y naturalmente que ella sabía cómo remediar cada uno, por supuesto.

No porque «supiera», sino porque su «instinto» le decía que ésa era la solución. Mi mujer es administrativa, por cierto. Lo que trato de decirle, Ramón, es que se vaya acostumbrando, porque a partir de ahora, haga lo que haga, le van a llover leches por todos lados.

Para alivio de padres como Ramón, las nuevas tecnologías han creado unas aplicaciones para móviles que analizan el llanto del bebé y determinan si llora por hambre, por sueño o porque está enfermo, en cuyo caso te sueltan una lista de remedios. Ya me estoy imaginando a la madre en casa, con el bebé en brazos llora que te llora, y el marido en la oficina en medio de una reunión coñazo:

—¿Sí, *digamé*?

—Paco, el niño está malo.

—Cielo, ahora no puedo hablar, te llamo lue...

—Ni luego ni luega. Mis padres están en el pueblo, así que tienes que venir a llevarnos al hospital, que está lloviendo y no hay *tasis*. El niño no está bien, Paco, no está bien.

—A ver, ponme al crío al teléfono que lo miro en la pantalla. Me he bajado una *app* en el móvil para eso, y seguro que lo que le pasa es que tiene hambre.

—Paco, déjate de chorradas, que yo sé perfectamente lo que le pasa. Este niño está malo.

—Hala, mira, ya lo tengo —interrumpe el padre animado—. Aquí pone que tiene una tendinitis en el segundo metatarso.

—Pero ¿¿¿cómo va a tener una tendinitis si sólo tiene dos meses??? ¡Paco, no me calientes!

—Ah, no, espera, que le había dado donde no era y me ha salido la web del *Marca* con el informe médico de Kustunakis, el nuevo fichaje del Madrid. A ver, espera, que no sé cómo va esto. Ya, ponme al niño cerca del auricular.

—Lo que te voy a poner son las maletas en la calle como no estés aquí en diez minutos. Y de camino compra un bote de margarina en el súper, porque te voy a decir lo que voy a hacer con el móvil según salgamos del hospital. Anda, tira, que lo tengo que hacer yo todo.

El marido cuelga, pide permiso a su jefe, se pone un abrigo a la carrera, sale de la oficina mientras mira la pantalla del teléfono preocupado, y piensa: «Vaya por Dios, ahora esto… Ojalá que se recupere pronto y que no sea nada grave, porque como Kustunakis sea baja para el domingo, nos jugamos tres puntos importantísimos para el campeonato de Liga…».

Clic

Después de parir nuestro cuerpo pide sueño, dormir de un tirón sin miedo a mearnos encima o a despertar como zombis con ganas de saquear la nevera a las cuatro de la madrugada. Por desgracia, la vida vuelve a ponernos a prueba y nos adentra en un lado bastante oscuro donde ni la fuerza más poderosa ni el Jedi más experimentado osan adentrarse. Un mundo mucho más complejo que cuadrar horarios de biberones, llantos y cacas líquidas de kilo. Más allá de los límites de la realidad y de la comprensión humana; el momento en que nos volvemos locas como cabras montesas: la depresión posparto.

Sin que exista una relación causa-efecto, pasamos de la ira al llanto y a la ternura a la velocidad de la luz. Sin orden alguno, sin lógica ni medida. Nuestras hormonas montan tras el parto una orgía salvaje protagonizada por Norman Bates y su madre, el doctor Jekyll, mister Hyde, Terminator y un Teletubby. Te transformas en la Gollum-Smeagol de las madres, pero en vez de un tesoro lo que tienes es un cacao *maravillao* mental importante. Tu nueva vida transcurre apacible hasta que de pronto haces clic:

—Amor, qué bonito es nuestro bebé. Mira cómo come de bien...

—Qué cosita. Mira cómo chupa con su boquita tu pecho...

—¿¡A QUÉ TE REFIERES, ANORMAL!? —Ni preguntamos. Directamente saltamos a la yugular de nuestro compañero—. ¿¿ES UNA BROMA POR MIS TETAS CAÍDAS, VERDAD, DESGRACIADO?? ¡¡¡CLARO, COMO YO NO TENGO LAS TETAS DURAS Y PERRRFEEECTASSS COMO LA GOLFA ESA DE TU OFICINA!!!

—Pero... pero...

—Ayyy, mi amooor, pero si te has puesto el jersey que te regalé por Navidad. No me había fijaaadoooo... Cositooo, qué bueno eres, jo.

—Eehh... sí, bueno, es que hoy es un día especial, amor, nuestro bebé cumple un mesecito.

—Buaaaaaaaaaah. —Ahora lloramos en modo «catarata del Niágara»—. No valgo para esto, no soy capaz de que duerma, ni beba suficiente. ¡¡¡BUA-AHHHHH!!! Se va a desnutrir y todo por mi culpaaaaa. ¡¡¡Soy una mala madre!!!

—Cariño, no es verdad; no te preocupes, amor, eres la mejor madre del mundo.

—*¡¡DEJAMENPAZ, DESGRACIAO!!* ¡¡PUES CLARO QUE SOY LA MEJOR MADRE!! ¡¡¡COMPARADA CON LA TUYA, SOY TERESA DE CALCUTA!!! ¡¡LA BRUJA DE TU MADRE

AHÍ, TODO EL DÍA MALMETIENDO Y DANDO CONSE-
JOS DE SI HAGO BIEN O SI HAGO MAL, QUE SI TENGO
QUE PONER LA TETA DE UNA MANERA O DE OTRA!!
¡¡PERO ¿QUIÉN COÑO SE CREE QUE ES?!! ¿¿¿LA PUTA
WIKIPEDIA???

—Esto... cari, bajo a la farmacia, que creo que falta no sé qué.

—Ay, cosito, no me dejes, te quiero. Tequierote quierotequiero. Te quiero tanto... Soy tan feliz...

Y antes de que nuestro novio salte por la ventana y huya lejos, lo estamos comiendo a besos y llenándole de promesas de que, en breve, echaremos un polvo memorable..., algún día remoto, claro, porque tú tienes la libido por el inframundo. Pero eso él no lo sabe y te aprovechas, y él corresponde con besos y sonrisas apaciguadoras y buenas palabras. El pene es el botón de *reset* de los hombres. Los besos despejan las brumas y obnubilan los malos momentos, y calman el horizonte de los nubarrones que (sin duda) están por llegar.

Pobrecillos, si es que son tan simples...

Puro teatro

Yo no tenía una granja en África al pie de las colinas de Ngong, pero tenía una mantita muy cálida, un sofá y un montón de DVD ordenados por temas, y cada tema por orden alfabético. Los sábados por la tarde me tumbaba a mirar una peli y a no hacer nada, o me acurrucaba con mi novio Juan (mexicano, para más señas) para meternos mano, antes de que obtuviese el título a perpetuidad de padre de mis criaturas. Hoy la manta pasó a mejor vida después de que cayesen sobre ella, cual plagas de Egipto, vomitonas, meadas, rotuladores y plastilinas de múltiples colores mezcladas entre sí que Pablo y Julia fueron desperdigando con desenfreno. Mis DVD están desordenados o perdidos no se sabe dónde porque mis vástagos los han usado de *frisbees*, y los pocos que han sobrevivido tienen más rayas que los baños de un *after*. Los sábados por la tarde que no vamos al parque, solemos asistir a algún tipo de espectáculo infantil, o a un cumpleaños. Cualquier actividad antes que quedarse en casa a la bartola. Los padres somos unos benditos. Aquel sábado mis hijos decidieron que era día de *Peppa Pig*.

Peppa Pig son unos dibujos animados de unos cerdos que parecen secadores de pelo pintados de rosa. Cada episodio dura cuatro minutos y los animales eructan unas veinte veces, y siempre termina con toda la familia revolcada por el barro muerta de la risa. A mí me encantan. Peppa va al colegio con una gacela, un perro, una cebra, un conejo... Yo creo que los capítulos son tan cortos porque, si durasen más, se acabarían comiendo entre ellos. Lo llaman así, en inglés, porque si lo hubieran traducido al español sería *Peppa la cerda,* y en lugar de ponerlo en horario infantil tendrían que emitirlo de madrugada. En cambio, sí que podrían seguir durando cuatro minutos. He conocido a más de uno al que le sobrarían tres.

Nuestro plan se torció nada más empezar. De primeras nos clavaron 30 euros por persona, pero como somos cuatro, el hachazo fue considerable. En la web afirmaban que había ofertas desde 10 euros, claro, pero se trataba de los típicos asientos que, una vez te has instalado, descubres que quedan justo detrás de una columna en el piso de arriba del todo. Estás tan alto, que en vez de venir un acomodador, te sienta un sherpa. Según llegas se te taponan los oídos y te caen del techo las máscaras de oxígeno. Al final acabas poniéndoles a los niños *Peppa Pig* en el móvil para que puedan ver algo.

Las luces se apagaron, sonó la música y en escena aparecieron cuatro señores vestidos de negro sujetando marionetas. O sea, no. Por 120 euros me pones a *Peppa Pig* en la bandeja del horno con patatas panaderas, o enseñas a hablar a un cerdo de verdad.

De todas formas, el verdadero espectáculo está siempre en el patio de butacas. Ir al teatro con peques es toda una experiencia. Cuando vas con un niño todo se desarrolla de forma relativamente normal, pero si vas con una niña la cosa cambia. Todas las niñas quieren ir vestidas de princesas Disney. Da igual lo que vayas a ver; Van con su disfraz de princesa y punto pelota. Para las niñas los vestidos de princesa son tan imprescindibles como el chándal de táctel para los yonquis o los políticos venezolanos. Ahora que lo pienso, si las niñas normales quieren ir de princesas..., ¿cómo querrán vestirse las borbones?, ¿de Stradivarius? «Leonor I de Borbón y V de Bershka.»

Acudir a un teatro consta de tres fases. La primera es cuando se alza el telón; son minutos de euforia y alegría, donde los niños participan, gritan, aplauden... A todo esto, no hay que olvidar el protocolo obligatorio en todo espectáculo: los que se sientan más lejos del pasillo son los que llegan tarde. Es inevitable. Yo siempre me siento cerca del pasillo para poder ir al baño sin molestar, pero quiero comprarme entradas en el centro porque estoy segura de que en las entradas pone: «Se ruega llegar diez minutos tarde y ser muy patoso para que toda la fila se levante». Me juego el cuello.

La segunda fase se produce media hora después. El niño está catatónico, como si le hubieran dado al *pause*, lleva media hora sin cambiar de canal o buscar vídeos en YouTube y su cabeza no lo asimila. Los únicos que gritan y dan palmas somos los padres, que tenemos las manos desolladas. Cuando nos viene el bajón lo mejor es pensar en los 120 euros de las entradas y automáticamente uno se pone como una moto. Al final te acabas cansando, obvio, porque llevas sin parar desde las siete de la mañana, y entonces es cuando llega la fase final, o «DEFCON 1»; es lo que yo llamo «el momento tubito aspirador»: ya sabes, cuando estás en el dentista con media cara paralizada, como Sylvester Stallone, y la boca abierta, con la garganta llena de babas y el tubito ese que no aspira una mierda, mientras piensas: «Voy a morir en un potro de torturas con un chorro de baba colgandera». Pues en el teatro es igual. Tienes el cerebro en modo *stand by* y aguantas el suplicio porque no te quedan más narices. Miras al escenario pero sin ver, y te pones a pensar en cosas tipo «¿por qué el pato Donald habla pastoso, pero Daisy no, si también es una pata?», o «¿qué clase de enfermo depravado era el príncipe de Blancanieves que se puso a morrear a una muerta en medio del bosque?». Acto seguido, notas que los niños también están hartos, pero ellos son mucho más resolutivos: se bajan del asiento, van al pasillo, tratan de subir al escenario, hablan en voz alta, dicen que se aburren, o directamente se largan.

Aquella tarde se repitió el patrón. Obedecimos los

instintos huidizos de nuestros hijos y dijimos adiós a la familia Pig rumbo a nuestro hogar, anárquico hogar. Pablo y Julia no tardaron en dormirse, extenuados por las emociones del día. Juan y yo nos dejamos caer sobre el sofá como sacos repletos de piedras hacia el fondo del mar. Nos sentamos cada uno en el extremo opuesto, sin mantas que arropasen fantasías ni encubriesen cómplices juegos de manos. La tele estaba encendida. O tal vez no. Daba igual.

—Juan —reclamé en un tono entre mimoso y derrotado, sin apartar la vista de la pantalla—, ¿sabes qué necesito?

—Dime, mi amor.

Reflexioné un breve segundo.

—Nah, déjalo, es imposible.

—Pídeme lo imposible. —Se colocó a mi lado. Pasó su brazo alrededor de mi hombro y me besó con suavidad en la mejilla mientras yo mantenía la mirada fija en el televisor—. ¿El tesoro al final del arcoíris? ¿Un diamante azul? ¿Un unicornio de colores?

Me revolví incómoda, apartándome ligeramente de él.

—Cielo, hablo en serio. Necesito descansar, Juan. Descansar de los niños. Ya sabes, volver a ser yo, nosotros. ¿Soy una mala madre por quererlo? Piensas que soy la peor madre, ¿verdad?

—Por supuesto que no, amor...

Me atrajo hacia él y esta vez cedí a sus afectos, acomodando mi cuerpo al suyo.

—Quiero tiempo para mí... Poder estar en el cuarto de baño sin que se abra la puerta ocho veces; cruzar la calle con el semáforo en rojo y comer dulces cuando se me antoje, sin que me remuerda la conciencia por si soy un buen ejemplo o no; viajar un fin de semana a cualquier lugar, los dos, a ver museos o tiendas, o a quedarnos metidos en la cama del hotel una semana entera, como Lennon y Yoko Ono. Quiero leer un libro de principio a fin, rascarme cuando me pique lo que sea que me pique, Juan. ¡Quiero depilarme las piernas, joder! ¡¡A ser posible, las dos el mismo día!!

Me observó y le devolví la mirada. Sonrió con condescendencia y me apartó el flequillo. Luego me besó dulcemente en los labios.

—¿Crees que es posible, Juan?

Me acurruqué como se acurrucan los gatos al dormir, y reposé mi cabeza en su clavícula. Él me besó en la frente y, con su dulce acento mexicano, respondió:

—¿De qué color quieres el unicornio?

El hombre y la Tierra

El futuro es de los niños que intentan
subir el tobogán por el lado contrario.

Luis Endera

El cartel lo dejaba muy claro: ÁREA INFANTIL. Lo que allí nos encontramos, no tanto. Juan y yo fuimos con Pablo y Julia al parque del Retiro para ver una función de títeres junto al estanque, y correr por los caminos de arena, con la intención de dejarlos reventados de cansancio y que durmieran como benditos (el principal motivo), y, de paso, para respirar algo que no fueran los humos de los coches y el olor a pis concentrado y basura en descomposición que hacía tiempo constituían ya el perfume oficial de la capital. De Madrid al grito en el cielo.

Precisamente fueron los chillidos de felicidad de unos niños los que desviaron nuestra mirada hacia un claro a unos cientos de metros a la derecha. Destacaban unas estructuras que, aunque lejos, nos hicieron adivinar que allí había una zona de juegos. Y donde hay juegos hay bancos para sentarse y desconectar, asoció mi exhausta mente. Con autoridad marcial dirigí a mi prole hacia aquel oasis. Cuando nos acercamos, a pesar del cartel que anunciaba que se trataba de un espacio para niños, los columpios, toboganes y el puente ese de hierro para que se partan la columna habían sido reemplazados por un tubo de acero de cinco metros de altura con una gruesa cuerda colgando de la parte superior, un robusto cilindro de acero de tres metros de largo y una especie de corsé gigante, como una canasta de baloncesto con patas, con dos tubos que sobresalían en direcciones opuestas, uno de ellos suspendido en el aire, y otro que se retorcía en espirales hasta llegar al suelo donde había una silla verde cuyas patas no llegaban a tocar tierra por escasos centímetros. Juro que esto está en el Retiro. ¿Se suponía que aquello era un columpio? ¡El que diseñó ese potro de torturas sí que se columpió de lo lindo! Desde luego que lo que se dice jugar, no sé si se podría jugar, pero lo que era estimular la imaginación de los niños, vamos, les iba a implosionar la cabeza. Aquello no era un parque, era el campo de entrenamiento de *Los juegos del hambre*, la pista americana de los Navy Seals y el potro de torturas de *Cincuenta sombras de Grey* todo junto.

También había un bloque octogonal de acero donde mis churumbeles ya estaban encaramados. En lo alto del primer poste, un niño de no más de seis años había logrado subir (a saber de qué manera) mientras su cuidadora, vestida de impoluto uniforme blanco y ajena a la tragedia, mantenía una tertulia con otras compañeras. En todos los parques siempre hay un niño cabra al que todos los demás tratan de imitar, para desesperación de las madres y padres que estamos presenciando la escena, presos de un ataque de nervios. No faltan el crío cabrón que pega a todo el mundo, el egoísta que no suelta el columpio, el guarro que es igual que sus padres, o el cleptómano que roba todos los juguetes y que, si se enfada, se transmuta en el niño cabrón y le mete una hostia a tu hijo con la pala. Pero ¿de qué nos quejamos? Ellos son fiel reflejo de nosotros; insistimos a los niños en que hay que compartir y les regañamos si son egoístas, pero bien que nos cuidamos de escribir su nombre en todos los trastos que llevan al parque, con un rotulador de los gordos, para que todo el mundo sepa que la pala de 30 céntimos del chino es de JOAQUÍN, y ese cubo de 2 euros también. JOAQUÍN. Aquí lo pone, ¿ve, señora? JOAQUÍN. Que luego se lleva algo otra madre y podemos arrancarle los pelos si nos quita la pala.

Fue entonces cuando oí un grito. Inmediatamente identifiqué que no era de mis hijos. El pediatra aquel estaba en lo cierto: cuando das a luz te transformas en una especie de murciélago mutante capaz de identificar el llanto del bebé y esclarecer qué le sucede. Una especie de ornitóloga del llanto. Observé que el niño cabra había logrado subir a lo alto del poste de

cinco metros de altura y no sabía cómo bajar. Como soy madre y, por tanto, una neuras, corrí a ayudarle antes de que se descalabrase, pues su cuidadora seguía de palique con las otras. El niño, ya en el suelo, se secó los mocos con la manga del jersey y echó a correr. Pablo había sido testigo de la escena, y acudió a mi lado para completar la información.

—¿Por qué le has ayudado, mami? ¿No tiene papás?

—Sí, hijo, pero no están. Le cuida esa señora.

Sin dudarlo un segundo, Pablo fue hacia ella e interrumpió su charla preguntando a bocajarro:

—¿Por qué no están sus papás? ¿Están en la oficina?

—No, están en casa. Hoy es sábado —respondió ella con amabilidad.

—¿Trabajando? —insistió Pablo.

—No, descansando.

—Pero si no trabajan, deberían estar con sus hijos.

La señora forzó una sonrisa como única respuesta y regresó a su cháchara. Pablo aguantó la mirada unos segundos tratando de asimilar aquella respuesta. No preguntó nada más porque rápidamente lo saqué de allí en volandas y lo coloqué de nuevo en el octágono, o lo que coño simbolizara aquello. Pensé en aquel niño y confieso que me dio algo de lástima, día tras día a cargo de otra persona esperando, quizá, la llegada del fin de semana para que sus padres por fin jugasen con él y le dedicasen toda la atención. O no. ¿Son conscientes los niños? Yo creo que sí. Creemos que el lujo es ganar suficiente dinero como para contratar a alguien que cuide a nuestros hijos y recuperar nuestra independencia, y resulta que el verdadero lujo es pasar tiempo con ellos. El principal trabajo de un padre hoy en día es no sentirse culpable por no dedicarles todo nuestro tiempo y energía, y librarnos de las expectativas de la sociedad, que nos ha imbuido de un espíritu insano de lucha, de ser mejor que éste y que el otro y el de más allá. Pisar para escalar y subir, y volver a pisar, y repetir el ciclo sin parar. No hay límite, porque siempre habrá algo por encima, siempre existirá una persona más atractiva, más inteligente, con más bíceps, tríceps, cuádriceps, ¡*quintúciples*! Un trabajo mejor remunerado, con mejores horarios, mejores compañeros, una casa que en lugar de una piscina tenga tres, dos cubiertas y una olímpica, y garaje para veinte coches, incluidos el deportivo, el de todos los días y uno antiguo de 1920; y helipuerto, y canchas de tenis, pádel, bádminton y pelota vasca. ¿Dónde está el límite? No existe.

Mis pequeños seguían jugando en aquella especie de museo de instrumentos de la Santa Inquisición. Julia jugaba a esconderse de Juan parapetándose tras un tubo de hierro y se tapaba los ojos, como si eso ayudase a su invisibilidad. Pablo escaló un árbol mientras yo permanecía pegada a él con el corazón encogido, siguiéndole como una sombra, los brazos estirados para amortiguar una posible caída que cada movimiento presagiaba inminente. Parecía la entrenadora de Nadia Comaneci. Tras unos eternos minutos, Juan nos llamó a rebato y continuamos nuestro paseo familiar. Como termina pasando siempre, yo llevaba las bicicletas en la mano, amén de una docena de coches de juguete y peluches en el bolso. Juan iba unos metros por detrás, vigilando a los pequeños. Cuando llevábamos un rato caminando, una visión apareció ante nuestros ojos. Sobre el inmaculado césped, en una zona rodeada de imponentes árboles, se alzaba un tobogán. Era de los de verdad, los de toda la vida, de hierro, de color rojo, con la pintura de la rampa desgastada por el roce. No había nadie. Mis hijos se lanzaron directos a trepar la escalera plenos de felicidad. La imagen de sus cabellos volando al deslizarse y sus rostros de emoción absoluta me alivió de la carga que llevaba. En el momento en que tocaban el suelo, regresaban corriendo a la escalera para repetir de nuevo aquel liberador descenso. Otras veces subían por la rampa con la ilusión de estar coronando el Everest. Juan y yo sonreímos a la vez y nos miramos felices. De pronto, alguien tocó mi hombro. Me giré y vi a un policía municipal. Asintió con la cabeza y se agarró brevemente la visera de su gorra a modo de saludo.

—Señora —me dijo con tono severo—, ¿no le da vergüenza?

Acto seguido pensé en qué era lo que había hecho mal. En si la cuidadora del niño cabra me había denunciado por entrometerme, o si se me había escurrido un moco, o si tenía un trozo de verde entre los dientes. Yo qué sé, cualquier cosa. El guardia continuó:

—Un poco de respeto. —Señaló con su mano el

tobogán. Ahora sí que estaba más perdida que el lumbreras que había parido el parque moderno de hacía un momento—. Haga el favor de bajar a sus niños de ahí. ¿No se da cuenta de que eso es una escultura?

Feliz en su día

Todo empezó a complicarse el día que
dejamos de saltar en los charcos porque
nos manchábamos la ropa.

MartaEme

Los cumpleaños de los hijos son las nuevas bodas.
Celebrar tu cumple en el McDonald's es taaan años
ochenta. Bueno, y el Telepizza está súper *out*, o sea,
tía, es sssúper años noventa. Es como organizar tu
enlace en un salón de bodas de barrio, repleto de már-
mol negro y columnas doradas. Que no, que no estamos en la era de Acuario, estamos en la era de Juan
Palomo, de organizar cada minúsculo detalle y de-
mostrar al respetable que llevamos un *wedding planner* en nuestro interior, y un *birthday planner*, y un
lo-que-se-ponga-por-delante-planner.
   Cuando organizas una boda sucede como cuando

compras productos de Galería del Coleccionista: sale a relucir la vena más hortera y *kitsch* del ser humano. Una vez me invitaron a una boda temática donde había que ir disfrazada de personaje de la Tierra Media. Había gente vestida de Legolas, con su arco y sus flechas, de Aragorn, de Bilbo, de Frodo Bolsón, con unos pies de broma llenos de pelos... Tremendo. La hermana de la novia era tan fea que la gente creyó que iba de Gollum. Le dieron un premio y todo. La pobre se cogió un rebote que no veas. El único problema fue que el padre del novio era un poco mayor y estaba duro de oído, y en vez de «hobbit» entendió «hobbie», y se presentó en la iglesia con un mono de trabajo de color azul, un casco amarillo y una Black and Decker. Sólo le faltaba el indio, el policía y el vaquero para ser uno de los Village People. Recuerdo que los novios contrataron a un actor que hacía de Gandalf para entregarles los anillos, que eran iguales a los de la peli, dorados y gordos, y con las letras esas raras que parecen la caligrafía de un médico. Yo creo que si le enseñas el Anillo Único a un farmacéutico te da un Gelocatil. Ahora bien, es innegable que bordaron la temática de la boda. No existe mejor definición de matrimonio que la mítica frase: «Un anillo para gobernarlos a todos. Un anillo para encontrarlos. Un anillo para atraerlos a todos y atarlos en las tinieblas». Cuando dicen que Tolkien era un genio, yo creo que se referían a eso.

La principal diferencia entre un cumpleaños y una boda es que puedes celebrarlo en casa y ahorrarte una pasta (porque, a diferencia de la boda, esto pasa todos los años). Una opción consiste en decorarlo todo en plan señora yanqui de esas que hacen setecientos kilos de galletas, dos ensaladeras XXL con ponche rojo, toneladas de *muffins* y guirnaldas llenas de Happy Birthday por las esquinas. La pega es que con veinticinco niños corriendo por tu piso se convierte aquello en la casa de *Jumanji*: en una de esas abres un armario y te aparece una manada de cebras.

Para ahorrarte el disgusto puedes organizarlo en un parque. Queda muy bohemio, de revista de decoración, con la gente descalza, la cestita de mimbre, las guirnaldas atadas a dos árboles, los pájaros cantando, tus pies pisando mierdas de perro, dos adolescentes tirados en la hierba a tres metros de los niños morreándose y frotándose como si no hubiera un mañana... Mejor en un local. Aquí es donde la fiesta adquiere el nivel Pro. Hay sitios especializados en montar cumpleaños que son una mini Disneylandia, con monitores que cuidan a los pequeños y les ofrecen todo tipo de actividades lúdicas y, sobre todo, educativas, en un entorno plagado de juegos, laberintos y toboganes, forrados de gomaespuma hasta el paroxismo, certificados por innumerables pegatinas y sellos de calidad. ¡Qué contradicción! Nosotros, que nos criamos en parques de tierra dura como el pedernal en donde nos desollamos las rodillas, y en columpios patrocinados por la vacuna del tétanos, exigimos hoy que nuestros hijos crezcan en un mundo esterilizado, uperizado, liofilizado y aséptico, cuando la propia materia de los niños es salvaje, curiosa, intransigente. Sucia.

Hablando de suciedad, tengo que confesar que hay una cosa que me saca de quicio: los pintacaras. Para colmo, se lleva mucho. Hay dos tipos de pintores: la delicada, que es una artista, y que pone cuatro rayitas y te transforma un rostro en un precioso león, y luego la pintora mala bestia, que unta al niño con un rodillo de pared y lo baña en ocho kilos de pintura, de modo que el crío parece Rambo buscando a los *charlies*. A mi hijo lo pintaron de pitufo una vez y casi lo fichan para *Avatar*. No había esponjas en todo Madrid para quitarle el maquillaje. Pensé seriamente en hacerle un injerto de piel o directamente de cara, como en esa peli donde a John Travolta le ponen la cara de Nicolas Cage. (Ya hay que ser cabrón: no hay caras guapas en el mundo y van y le ponen al pobre hombre la jeta de Nicolas Cage.)

Cuando Pablo cumplió tres años se me ocurrió traer un mago a casa. No me preguntéis por qué, simplemente me dio por ahí. Encima se me ocurrió pedir consejo a mi amiga Simona, que tiene una niña pequeña y siempre presume de que conoce a todo el mundo mundial, aunque luego por hache o por be le fallan todos los planes. Yo la quiero mucho, pero es un desastre. Me enseñó un papel fotocopiado en blanco y negro donde el sujeto se anunciaba como «Mago-Payaso-Globoflexia-Cantante-Animador-Cuentacuentos», le faltaba añadir que por 20 euros más te arreglaba el ordenador. Con tanta oferta no podía fallar, pensé. El día acordado llamaron a la puerta y acudí a abrir con la ilusión de un niño al romper el papel que envuelve sus regalos. Ante mí aparecieron Simona y una pareja con el pelo lleno de rastas y aspecto de haber sacado la ropa de un contenedor de Humana. Ella lo tenía cortado a tazón y con trasquilones, y alrededor del cuello ambos llevaban un pañuelo palestino raído. Sobre la cabeza de él, un sombrero de fieltro negro, como el que llevan los duendes de los cuentos. Se lo quitó a modo de saludo y sonrió. Tenía la boca piano: cuatro dientes blancos y uno negro; le faltaban un par de muelas, además. Les enseñé el camino al baño para que pudieran cambiarse. Sus camisas estaban tan guarras que si se las quitaban se quedarían de pie y luego se pondrían a andar solas por la casa, como en *La bruja novata*. Madre del amor hermoso.

Ya a solas, le dije a Simona:

—¿¡Pero se puede saber de dónde has sacado a estos dos?! ¿De Proyecto Hombre?

—Los veo todos los días en el semáforo de la Castellana cuando paso en el autobús. ¡Me encantan!

—Tía, no me jodas. ¿Tú los has mirado bien?

—Si quiere la señora marquesa, le traigo a David Copperfield.

—Hay términos medios, Simona.

—Pues el chico es muy bueno haciendo globoflexia.

—Sí, y porroflexia. Se debe de liar unos canutos como vuvuzelas, el colega.

—En serio, Puri, es muy bueno: hace malabares, cuenta chistes… Hace desaparecer cosas…

—… por ejemplo, sus dientes…

—Puri, estate tranquila y confía en mí. Todo va a salir bien.

La vida te da sorpresas y, en efecto, Simona acertó. Los payasos Perro y Flauta (los nombres se los puse yo) no tenían una técnica muy depurada, ni una higiene, digamos... Bueno, no tenían higiene. Pero hicieron disfrutar a todos los invitados, que rieron y se divirtieron con las figuras increíbles de globos de colores, canciones, malabares (casi se cargan un jarrón) y los trucos de magia: la moneda que aparecía misteriosamente detrás de la oreja, el libro con ilustraciones en blanco y negro que con el toque de la varita se llenaban de color, el pañuelo anudado que se desanudaba al soplarlo, y el mejor de todos: hacer desaparecer mis obsesiones maternales sobre la higiene.

Aquel día aprendí una lección: cuando montes cualquier sarao, sea tu boda o un cumpleaños, disfruta como si fueras una invitada más, y sé feliz, feliz en tu día. O en su día, pero no dejes de sonreír y de ver el lado bueno de las cosas, que está ahí, créeme. Y si algo sale mal, recuerda que nadie lo sabe excepto tú. Respira hondo, busca ese lado positivo, recuerda aquellos maravillosos años en que saltabas en los charcos sin miedo a mancharte, y, amiguita, que Dios te bendiga.

El coche fantástico

Viajar es maravilloso. Hacer turismo, sacarte una foto súper original empujando la torre de Pisa, o inclinarte hacia el mismo lado como si todo estuviera torcido, comprarte una ensaimada en el aeropuerto de Ibiza o de Mallorca y facturarla como una maleta, para luego llegar a la cinta de equipajes y pelearte con los cuarenta retrasados que han tenido la misma idea, a ver cuál de todas las ensaimadas es la tuya, ¡y, encima, son todas iguales!; o comprarte una máscara de Carnaval en Venecia, o un sombrero enorme en México, que cuando llegas a España y pisas el aeropuerto con ellos en la mano (porque no hay maleta donde meterlos) se te evapora la ilusión y te inunda el sentimiento de «*pa'* qué cojones he comprado yo esta horterada, ¡y dónde voy a meterla, si no me cabe nada en casa!». Ser turista es eso y más. Es viajar apretado en un avión y sentirte capaz de competir contra el contorsionista chino del Circo del Sol; ir a una casa rural y ver boñigas de vaca más grandes que la ensaimada que facturaste en Mallorca; visitar Amsterdam emporrado hasta las orejas y acabar el viaje con los bolsillos llenos de pelotillas de una especie de musgo, tantas que parece que le hayas robado tu ropa a un hobbit de la Tierra Media. Viajar es ver tantos museos en una mañana que terminas por convencerte de que Andy Warhol pintó el *Guernica*, y de que Van Gogh era el brujo de una tribu polinesia que acabó liado con Gauguin.

Pero viajar con niños es otra cosa.

De entrada, hacer planes está descartado. Tú vas a la aventura; o sea, a la aventura pero con el coche lleno de maletas como si tuvieras que enfrentarte a la operación Paso del Estrecho. Y una de ellas va llena de medicamentos, *of course*. Cuando tienes todo a punto toca lo más importante: llenar el coche de *gadgets*. Tú no te echas a la carretera si no llevas el cable del móvil, el de la tableta, el GPS, los CD de música, DVD con películas infantiles, el iPod y, sobre todo, cables, muchos cables. Aquello parece el coche fantástico. Sólo le faltan las lucecitas rojas esas tan horteras en el morro moviéndose de un lado a otro.

—Wiuwiu. Wiuwiu. Michael, no me quedan más agujeros donde enchufar las cosas. Se me está quedando la batería más seca que el ojo de la Inés. Wiuwiu.

—Kitt, por tu madre, carga el iPad, que queda un uno por ciento de batería, y sin película los críos se vuelven locos. Y activa el turbopropulsor, que el niño se caga y me va a manchar la tapicería.

—Me estás estresando, Michael, tengo la temperatura del aceite a tope. Wiuwiu. Además, mis sensores detectan que es la octava vez que ponéis la peli de *Peter Pan*. Me tenéis hasta la trócola.

Los coches de nuestra infancia no tenían climatizador ni cinturones de seguridad; las ventanillas se bajaban con una manecilla que se salía de sitio si le dabas fuerte; la radio dejaba de escucharse nada más salir de la ciudad, y había que echar mano de casetes con sonido monoaural. Teníamos cintas de Arévalo que hacía chistes de mariquitas y gangosos (¡viva lo políticamente correcto!), y de Eugenio, un señor que contaba chistes muy serio, o sea, como si mi abuela se pone a leer Twitter. Yo llegué a ver cintas de un ventrílocuo, ¡un ventrílocuo! (¿existe algo más absurdo que el show de un ventrílocuo al que no puedes ver?), compradas por mi padre en gasolineras infectas. Las interferencias de la radio se mezclaban con nuestros gritos peleando con quien estuviese en el asiento de al lado (¿alguien tiene un boli? Esto se ha vuelto a tragar la cinta). No existían los airbags, los reposacabezas traseros, los ABS, ¡ni el aire acondicionado! Y no sólo no nos pasaba nada a los pasajeros, sino que tampoco le pasaba nada al coche. Nos sentábamos y nos metíamos ocho horas de viaje para doscientos kilómetros con una tranquilidad pasmosa.

También teníamos la opción de los trenes, tan lentos que cuando llegábamos al destino nuestra madre tenía que descosernos el dobladillo del pantalón de lo que habíamos crecido por el camino. Porque los dobladillos se cosían y descosían, claro; no teníamos un Zara o un

H&M a mano para renovar el armario cada tres meses con la última moda infantil a sólo 9,95 euros.

¿Y qué? Llegábamos a la playa o a la casa del pueblo y salíamos escopetados con la energía por las nubes. Devorábamos bocadillos de filete empanado que mamá había preparado antes de salir. No había cosa más deliciosa que comer ese bocadillo frío, y con las últimas migas aún en nuestra boca, oírle decir: «Tengo más aquí, por si queréis». Nuestro mundo rebosaba de *tuppers* de comida de la abuela, de paletas de playa y toallas, y una caja con cuatro kilos de pastas comprada en un pueblo perdido en mitad de la carretera nacional. No teníamos nada y lo teníamos todo.

Ahora podemos subirnos al AVE y al Alvia cada hora hacia cualquier destino, y queremos que los niños tengan una mesa, y auriculares, y que la peli sea de estreno, y que el tren llegue puntual, y que el de al lado pare ya con el móvil, y que suban el aire, no, que lo bajen, no, que lo dejen así, bueno, mejor como estaba antes. Ah, y wifi, por supuesto. En todos lados y de alta velocidad. Da igual que estemos de vacaciones, en nuestra propia boda o en un velatorio. No hay desconexión sin una buena conexión. Acabaremos exigiendo por escrito que el paisaje sea bonito. «Oiga, señor revisor, o señor azafato, o señor lo-que-sea, quiero que me devuelvan el dinero porque hemos pasado por un pueblo feo y además hemos tenido un retraso de dos minutos.» Anda, calla, que tú sí que tienes un retraso.

Para mi familia el paisaje da igual porque lo más importante es el GPS. Se ha convertido en algo tan necesario como el polvo semanal (bueno, teniendo hijos, quien dice semanal dice mensual, tampoco nos pongamos medallas, que todos sabemos lo complicado que es esto). Mi querido Juan se orienta peor que el dinosaurio de *En busca del valle encantado*, que lleva treinta años y catorce secuelas y aún sigue buscando. Piecito debe de ser ya Pinrel del 43. Al paso que va la peli acaba empalmando con *Cuéntame*. Luego dicen que las mujeres no saben leer los mapas, pero los hombres también se las traen porque no hacen caso a una maquinita, que digo yo que algo de idea tendrá la pobre. Pues no. A Juan le encanta discutir con el GPS del coche y llevarle la contraria. Cuando un hombre regaña al GPS y lo insulta es señal de que se ha perdido por completo. Más te vale que cojas el móvil y llames a Protección Civil para que venga un helicóptero con víveres y mantas a socorrerte, o de ahí no sales.

Otro que se orientaba como el culo era Cristóbal Colón. Menudo hacha. Iba para las Indias y apareció en el lado contrario. Como para encargarle que dibujara un mapa. Imagino a su mujer diciéndole: «Y ya que sales, trae patatas, que no hay», y el pobre apuntando en un papiro y preocupado por lo que iba a meter en la maleta. Siete meses fuera de viaje, no os lo perdáis. Te pones a guardar calzoncillos y camisas y no acabas. La maleta tenía que ser del tamaño de un contenedor de esos de los barcos. Ahora que para grande, el cabreo de su mujer cuando Colón regresó.

—Ya pensé que no volvías, mira qué horas son. A ver, ¿qué me has traído de las Indias? ¿Sedas? ¿Especias?

Colón abre la maleta y saca una flauta de pan.

—Pero ¿qué mierda es esta, Cristóbal?

—Ay, Mari, que me he *liao*, que me he *liao*, que yo pa' estas cosas no valgo.

—¿Se puede saber dónde has estado?

—Mari, te vas a reír.

—¿Reír? ¿Por qué, Cristóbal? ¿Qué has hecho?

—A ver…, es que me hice un lío con el mapa.

—Si es que tú no puedes beber, Cristóbal, que te sienta mal.

—Que no, Mari, que no es eso. Que no fuimos a las Indias, nos fuimos *p'al* otro lado.

—¿Cómo que al otro lado? ¿Donde el fin del mundo? ¿Donde los barcos se caen a un precipicio y se los comen los dragones?

—No, más allá todavía. A las Bahamas.

—¿¿A las Bahamas?? Tú no eres un marinero, tú eres un listo.

—Mari, te lo puedo explicar…

Su mujer le interrumpe:

—Ya, claro, claro… El señorito se puede ir con los amigotes siete meses al Caribe y yo no me puedo ir a descubrir Cuba con las amigas. ¡Pues esta noche duermes en el sofá!

Pobre Cristóbal. Ahora que lo pienso, el que inventó el sofá cama debía de tener a su mujer con un cabreo cojonudo. Igualito al que tenía yo con mi Juan, para que luego digan que las mujeres no saben leer los mapas. Ay, con lo a gusto que se viajaba antes…

Tarrinas de autoestima

En unos grandes almacenes curioseaba las perchas de ropa sin buscar nada en concreto junto a Pablo y Julia, por entonces de cuatro y dos años, que hablaban y reían de sus cosas. Una desconocida se acercó, los observó con aire condescendiente y media sonrisa, que interpreté como de aprobación. «Qué guapos son», me dijo, y reaccioné como toda madre: peinándolos, primero, y dando las gracias sin reprimir mi orgullo, después. Acto seguido, la señora me observó la tripa, fofa, aguada. Una tripa común.

—¿De cuánto estás? —inquirió.

Aquel obús alcanzó de lleno mi línea de flotación, o mejor dicho, mi línea de flotador. Tardé dos segundos en recomponerme, durante los cuales mi cabeza se debatió entre llorar sin consuelo o recluirme en casa y engullir una tarrina de Häagen-Dazs con una cuchara sopera. Miré fijamente a la interfecta y, sin perder una más que correcta sonrisa, le respondí:

—No, no estoy embarazada. Sólo estoy gorda.

Tartamudeó una disculpa que no oí porque estaba atendiendo los reclamos de Pablo y Julia, que querían huir de ahí. Yo también, lo admito. Agradecí entonces ese chaleco de balas que es la autoestima, una coraza que los años endurece y vuelve impermeable a los espumarajos. Mis defectos físicos —si acaso necesitan de justificación— son causa, en parte, de mi doble maternidad, de una decisión personal de volcar mi escaso tiempo libre en mis hijos en lugar de encerrarme en un gimnasio, y de un ritmo de vida que ha impuesto su cadencia a los planes que alguna vez tracé. Hay algo de genética, sin duda —y de desidia y gula por mi parte, cierto—, pero soy consciente de que, sin ser obesa, no defiendo ni me correspondo con los cánones de belleza que un grupo de autodeclarados expertos, de dudoso o nulo gusto estético, han impuesto a golpe de talonario en nuestra cultura. Pienso en otras mujeres, muchas de ellas adolescentes, que carecen de la autoestima necesaria que aporta la propia experiencia de vivir. Mujeres permeables a esa enferma visión de la moda y de los cánones de belleza, cargada de falacias que alimentan el hambre y los sueños de mucha gente que, consciente o no de lo irreal de dicha imagen, está dispuesta a maltratar su cuerpo y a caer enferma por ellos mientras la industria responsable observa su agonía y calla.

Cuando escuchamos que una mujer está fabulosa a [pesar de] su edad, la palabra «edad» representa mucho más que un guarismo. No se trata de que alguien se conserve mejor o peor. Va mucho más allá. Es una catarata de autoestima, de experiencia vital, que traspasa nuestro rostro y nuestra forma de ser, y proyecta un mapa de los sentidos. Estar a gusto con una misma y pensar que si estás ahí, si estás así, es gracias a todo lo que has vivido y que, digan lo que digan, no cambiarías por nada del mundo.

Una de las nuestras

En Estados Unidos está permitido tener armas de fuego, pero en España tenemos algo más peligroso: los grupos de WhatsApp de las madres del colegio. Toda la vida hubo asociaciones de madres y padres de alumnos: AMPA, las llamaban. Gente buena y razonable que se reunía pacíficamente para resolver asuntos del colegio, que charlaba al terminar las clases o en la parada de la ruta mientras llegaba el autobús... Pero hoy las AMPA han mutado en microorganizaciones criminales lideradas por señoras de lengua viperina a un móvil pegadas. Aquel remanso de paz digital donde mensajear sobre cuestiones académicas se ha convertido en una guerra cainita en la que los celos campan a su libre albedrío, conformando una terrible e inmisericorde mafia. ¡¡Por eso se llaman AMPA!! Y no, no me vengáis ahora con que «hampa» se escribe con hache. Estamos en un territorio sin leyes ortográficas, de mensajes donde gobiernan los «*haber cuando* quedamos», «mi hijo *a* ido», «la culpa es de la *inflacción*», y los «eso era de *preveer*, que yo lo estaba *preveyendo* hace tiempo». Me sangran los ojos sólo de recordarlo. Si una madre te invita a unirte al grupo de WhatsApp, acepta. Es una oferta que no puedes ni debes rechazar, pues de lo contrario entrarás a formar parte del grupo de las *outsiders*, las bicho raro. Es más, si no lo haces, te perseguirá el tormento de que ese desdén se haga extensible a tu hijo. Muy loco todo.

Poco a poco se van creando filias y fobias entre las madres, y es entonces cuando surgen escisiones del grupo original, el grupo líder, el-grupo-en-el-que-hay-que-estar. Es como uno de esos partidos de waterpolo, donde todos los jugadores aparentan tranquilidad en la superficie, pero en cuanto la cámara desciende se están matando a patadas y golpes. Como en toda organización mafiosa, siempre hay una madre que corta el bacalao, la abeja reina de las madres. La nave nodriza, la que crea subgrupos, que generan, a su vez, subgrupos enemigos donde se tratan cuestiones de vida o muerte como defender si las zapatillas del festival de fin de curso quedan mejor blancas o negras, si invito a éste por compromiso, o lo dejo tirado en la cuneta (total, con la mierda de regalo que le hizo el año pasado a mi Yésica), o si la madre de Paquito está gorda como un zepelín y su hijo va por el mismo camino. En esos subgrupos es donde cada una muestra su verdadera cara y saca los cuchillos a pasear. Hay tanta tensión que cualquier día abres el huevito de plástico del Kinder Sorpresa y te encuentras una pequeña cabeza de caballo; o se te planta una madre en la puerta del cole y te reta: «Nos vemos al alba. Lleva a tus padrinos. Elección de armas al azar».

Puedes responder e iniciar una guerra, claro, pero existe un truco bastante recurrente para sembrar un poco de paz: lanza un *zasca* con un emoticono. Por ejemplo, cuando alguien escribe: «El niño que traiga a su hermanito pequeño debería pagar el doble», tú respondes con una carita riéndose, lo que viene a significar «zorra tacaña».

Los grupos también sirven para resolver cualquier asunto complicado: siempre hay una madre dispuesta a ayudar, a encontrar un número de teléfono imposible, e incluso a hacer corte y confección. Ya lo avisó el Padrino al funerario Bonasera: «Algún día (y puede que ese día no llegue) acudiré a ti y tendrás que servirme». Mi día llegó cuando Pablo me anunció que en una semana tendría lugar la función de Navidad. «Mamá, tengo que ir vestido del ratón vaquero que va al portal de Belén a ver al niño Jesús», me soltó muy serio, como si le hubieran encomendado defender las joyas de la Corona británica. De entrada me chocó. ¿Dónde se había visto un ratón vaquero en el portal de Belén? Pero la verdad es que tampoco tiene mucha lógica la historia de una paloma que embaraza a una mujer, el otro que resucita, Charlton Heston dividiendo el mar... Juan se comprometió a conseguirlo y, en efecto, la tarde antes de la función apareció en casa pletórico.

—Mira, amor, un compi me ha prestado un traje de vaquero del Salvaje Oeste —dijo con orgullo mientras sacaba un trozo de tela azul que se suponía que era un pantalón y un chaleco de borreguillo comido de mierda.

—Salvaje va a ser la bronca que vamos a tener como le pongas eso al niño.

—Pero si está genial.

—Juan, eso no es del Salvaje Oeste. Eso es del Cutre Oeste. ¡Que la estrella de sheriff está hecha con papel Albal y el chaleco es de borreguillo, por Dios! ¡Que parece que en vez de ensillar el caballo vaya a ensillar una cabra!

—Pues tú verás; la fiesta es mañana. Yo he hecho lo que he podido. Chica, es para cinco minutos, ¿qué más da? ¡Es sólo una miserable función escolar!

¡*Tssssééé*, quieto *parao*! Me acababa de tocar la fibra.

—Juan, como si son cinco minutos y como si son dos. La función escolar es sagrada. Sa-gra-da. Mi hijo va a regresar de la función con un Oscar en la mano porque lleva un actor dentro. Y no es orgullo de madre, Juan, no, lo sé perfectamente porque lo he parido.

Salí a la calle. En menos de una hora cerrarían las tiendas, así que escribí al grupo de WhatsApp para ganar tiempo y localizar el disfraz. Después de 39 mensajes me facilitaron la dirección de una tienda en el centro, un enorme almacén de telas anquilosado en los años cincuenta, repleto de mostradores de roble donde los vendedores extendían gruesos rollos de telas a las clientas. No era diáfano, tenía numerosas salas distribuidas en recovecos y eso obligaba a recorrerlo. «Vísteme despacio que tengo prisa», suspiré. En una esquina encontré tres maniquíes de niño vestidos de flamenca, chulapo y un espectacular vaquero del Oeste, con chaleco de piel, refulgente estrella dorada de metal, y un par de tejanos con cinturón, cartuchera y revólver. ¡Aleluya! Me dirigí a uno de los mostradores y lo pedí. Enseguida me lo empaquetaron con cuidado en papel de estraza, y me entregaron un recibo para que lo llevase a un diminuto cuadrilátero donde estaba encerrada una cajera, que cobraba con una vieja caja registradora. Definitivamente, en aquel lugar el tiempo se había detenido.

—Son ciento cincuenta euros, por favor.

—¿¡QUÉ!? ¿¿Por un traje de vaquero?? Por ese dinero me saco las oposiciones a sheriff. —Varias clientas se giraron para mirarme—. ¡Si sólo es para usarlo cinco minutos en una miserable función escolar!

Dejé el paquete y salí echando humo por la nariz. En la calle saqué el móvil, pero inmediatamente lo volví a guardar. No iba a perder más tiempo, ni a justificar mi vida, mis gastos o mis ahorros ante un grupo de hienas. Caminé calle arriba mientras echaba un vistazo en los comercios chinos y bazares de por allí, hasta que la música a todo volumen de uno de ellos me hizo voltear la cabeza. Se trataba de un bazar en cuyo escaparate un atroz cartel anunciaba: *DIZFRASES*. Dentro sonaba reggaetón a doscientos decibelios:

MAMITA LINDA, DAME TU BUM-BUM, CON EL PAM-
PAM Y YO TE ÑAM-ÑAM...

Mozart lloraba en su tumba. Si no encontraba el disfraz, al menos que hubiera un cuchillo para amputarme las orejas. Entré y, tras un rápido vistazo, los encontré: enfermera sexy, pirata sexy, cocinera sexy, boxeadora sexy, cura sexy... ¿¿CURA SEXY?? Dios mío de mi vida y de mi corazón...

HEY, MAMI BONITA, MUEVE TU TRIPITA, CON
SABROSURA, MAMI LOCURA...

Joder, qué perra les había dado a éstos con la mami. A lo mejor por eso lo llamaban *perrear*. Finalmente apareció lo que buscaba: un chaleco, unos pantalones de color marrón, un sombrero y un pañuelo rojo. No era Armani, pero era decente. ¿Y la estrella?

MAMI, MONTEMOS UN *CHOU*, PERREA CON TU
FLOW, YO TE DARÉ *FLOW*...

A mí sí que me iba a dar un *flow*. Menudo pedazo de complejo de Edipo tenía el cantante con la mami *p'arriba* y la mami *p'abajo*. Si no encontraba pronto la estrella del disfraz acabaría dejándome los pantalones *cagaos*, una gorra de lado, y pidiendo más gasolina, pero para quemar el bazar. Encaré a la chica del mostrador; tenía unos pendientes de aro tan grandes que podían servir para columpiar a un loro, y se limaba las uñas de ave rapaz color azul esmeralda.

—Disculpa. —Mascaba chicle igual que un camello. Miraba sus uñas y con la música no me oía—. ¡¡EH!! —grité de mal humor.

—¿Sí? —preguntó con cara de asco y mascando con la boca abierta.

—Falta la estrella del sheriff.

—Se compran aparte, ahí están.

—Pero aparece en la foto del disfraz.

Se encogió de hombros como diciendo. «No me da el cerebro para elegir la música, como para discutir por una estrella de plástico». Seguro que el reggaetón era un sistema de tortura, pensado para obligarte a comprar a toda velocidad antes de que se te reblandeciesen los sesos y te estallasen como a un marciano de *Mars Attacks*. Pagué de mala gana y salí con los oídos taponados de tanto *flow*, pam-pam y bum-bum.

A la mañana siguiente, con Pablo vestido de vaquero, agarré mi lápiz de ojos y le coloreé la punta de su pequeña nariz respingona, y dibujé unos bigotes de ratón sobre su cara. Estaba ideal. Le saqué 64 fotos con el teléfono, que envié acto seguido a todos mis parientes de primer, segundo y tercer grado de consanguinidad. Como ocurre en absolutamente todas las funciones, en el momento en que empezó a sonar la música Pablo y sus compañeros de clase sufrieron pánico escénico y se quedaron helados sobre el escenario, mientras la maestra, en la primera fila, hacía la coreografía tratando inútilmente de sacarles de aquel estado de shock.

En cuanto salimos, mi teléfono anunciaba 114 mensajes (los conté) en los que las madres hablaban ilusionadas del éxito de la función, y mandaban sus fotografías y vídeos. Todas se echaban flores las unas a las otras, mientras en los subgrupos se ponían a parir y volaban los cuchillos. Os voy a confesar una cosa que jamás compartiré con el grupo de WhatsApp, y no es orgullo de madre, esta vez os lo digo de verdad: de todos los niños que estaban completamente quietos, el mío fue el que mejor lo hizo.

Mi gran noche

Aquella tarde fuimos a la casa de unos amigos con niños para que todos jugasen un rato. Cuando tienes hijos da igual que los otros padres sean de una manera o de otra, que sean comunistas, filonazis o torneros fresadores. Tu máximo interés radica en que los niños se entretengan entre ellos y puedas descansar. Llevábamos dos horas allí y ya se nos habían acabado los temas de conversación, así que Juan miró el reloj y ambos nos pusimos de pie para anunciar el regreso a casa. Pablo y Julia tenían energía para dos horas más (y para seis), y al vernos comenzaron a llorar demandando unos minutos extra de juego. En ese preciso momento el padre de los otros niños pronunció la mágica frase:

—Oye, si queréis, podéis dejar a los peques a dormir. Están muy a gusto jugando y por nosotros no hay ningún problema.

No había terminado de decir «problema» y Juan y

yo ya habíamos soltado la mochila con las mudas limpias, y estábamos dentro del coche quemando rueda, reventando a 200 por hora la barrera del parking como en un episodio del *Equipo A*. El mundo se abría ante nosotros en una nueva dimensión, un despliegue de puertas al Paraíso del que poseíamos todas las llaves. Circulábamos con las ventanillas bajadas, los cabellos meciéndose en el aire, como en un anuncio de perfumes. Éramos libres, ¡LIBRES! ¡JAJAJAJAJAJA! Sin embargo, de fondo no sonaba una banda sonora de *road movie* americana, ni tampoco Nino Bravo y su «libre *comol* sol *cuandamanece...*». No, sonaba «Un mundo ideal», la de *Aladdin*, porque teníamos enquistado en el cerebro el virus de las canciones infantiles que no se iban de la cabeza ni con electroshocks. Yo, que en el 93 me fui al Vicente Calderón a un concierto de Bruce Springsteen, con la camiseta del *Born in the USA* remangada hasta los hombros, que hice fila un día entero para estar pegada al escenario, y que casi llego al orgasmo cuando Bruce saltó desde las tablas sobre los fans enloquecidos, que le paseamos en volandas como un semidiós para espanto de los guardaespaldas; yo, que me sabía todo su repertorio, ahora era incapaz de acordarme de letra alguna que no fueran las putas canciones de los dibujos animados. Había visto tantas veces *Frozen* que me daban ganas de bombardear Disneylandia. Me imaginaba a los mandos de un avión cargado con un misil nuclear con un tic en el ojo como el de Martes y Trece, mientras una musiquita en mi cabeza me gritaba: «Sueltalóóó... sueltalóóó...». Ahora el único *boss* que mandaba en mi vida era mi lavavajillas Bosch, que me tenía a jornada intensiva con contrato indefinido. Ah, pero aquella noche en el Calderón fuimos libres, y esta noche no sería menos. No necesitaba ponerme bonita e irme hasta Atlantic City. Esta noche rompería todas las promesas porque la noche estaba hecha para amantes. Hoy, mi amor, estaba *on fire*, bailaríamos en la oscuridad, y creeríamos de nuevo en la Tierra Prometida. Esta noche recorreríamos la carretera de los truenos hacia el río aquel, tú y yo y el amor, o lo que fuera que quedase después de tantos años, para qué nos vamos a engañar, mi vida, a estas alturas del partido, pero solos. ¡SOLOS!

¿Adónde ir? Me sentía como uno de esos concursantes de televisión a los que les toca el cojopremio del siglo, y tienen quince segundos para elegir entre el Lamborghini Diavolo, el piso en Torrevieja, Alicante, o la caja misteriosa, y siempre eligen la caja, que acaba resultando ser una mierda como el sombrero de un picador.

No, a nosotros no nos iba a pasar. Teníamos toda la noche por delante. ¡Nuestra gran noche! ¿Qué hacer? Piensa, Puri, piensa. Podríamos ir a casa, pasar toda la madrugada dale que te pego, coger el Kamasutra y hacer todas las posturas hasta el código de barras. Mejor no, me daría un calambre en el pubis y se me quedarían las piernas como un cascanueces. ¿Depilarme, por fin? Ay, no, vaya pérdida de tiempo. Antes peluda y libre que depilada y atada. Ya sé: irnos de borrachera, cogernos un pedo descomunal. Bueno, seguro que me pondría a vomitar a la segunda clara con limón. Había perdido mucha práctica. En todo. Ya está: dormir. Meternos en la cama y dormir doce horas seguidas. O cenar. Ir a un sitio elegante, con manteles de tela y servilletas de hilo, nada de manteles de papel, ni hamburguesas con Mc o King en su nombre, ni kétchup industrial. Donde los vasos fuesen de cristal y los platos de cerámica, y no de plástico con dibujitos. Sin payasos cutres tratando de hacer creer a tu hijo que lo que habían hecho con un globo con forma fálica era en realidad un rinoceronte disfrazado de pelícano corriendo por la selva. Sí, aún había esperanza. Un mundo sin niños era posible y estábamos a punto de descubrirlo.

    ¿El cine? No parecía una mala opción. La paz de la sala con sus luces apagadas, cubo con palomitas que luego se te quedan entre los dientes dos meses y medio, la Coca-Cola aguada de litro... Planazo. Juan dio un volantazo y enfilamos a un macrocomplejo de veinte salas. Observamos la cartelera y la primera que apareció fue la última de Woody Allen. Cuando se estrenan, todas las pelis de Woody Allen se llaman «La última de Woody Allen». Luego ya, cuando salen en DVD, les ponen un título. ¿Entramos? Mejor no, escapar de mis problemas para meterme en los tormentos personales de otro no me apetecía nada. Vamos a ver, ¿qué otras pelis había? *Poltergeist, Superman, Mad Max, Spiderman, Robocop, Parque Jurásico, Star Wars...* Pero ¿qué coño era esto? ¿Qué pasaba, qué misterio había en esta mi gran noche? No podía ser cierto, pero así era: ¡había vuelto a los años noventa! Debíamos haber alterado el continuo espacio-tiempo al dar el volantazo, y habíamos aterrizado en otra época. Me invadió una terrible angustia: tendría que encontrar a mis padres para que se besaran en el baile del instituto, me crecerían *brackets* en los dientes de arriba y en los de abajo, se me pondría la cara llena de granos puseros, el pelo cardado, hombreras en la camiseta como un jugador de rugby, pantalones vaqueros anchos lavados y cazadora vaquera forrada de borreguillo. Me pasaría todo el día salida como una coneja en celo, rechazando a adolescentes pajilleros mientras los chicos mayores del insti me ignoraban por completo.

No, era mucho peor que eso; en su desesperado intento por volver al candelabro y conquistar las taquillas, Hollywood había renegado de cualquier atisbo de creatividad y optado por desempolvar los éxitos ochenteros, y rehacer de nuevo las mismas películas que triunfaron reseteando la estética y los efectos especiales de *stopmotion* a base de mogollón de coches volando por los aires, ciudades estallando en pedazos y nuevos actores que no los conocía ni su prima la del pueblo, pero que salían muy guapos en un torrente de productos de *merchandising*, ideales para forrar la carpeta de las *teenagers*. Lo habían bautizado como *reboot*, pero los resultados eran tan penosos, con guiones tan vacíos y actores tan carentes de carisma, que el resultado era en realidad *Reboot que en tu culo exploot*.

—Nada de cine. Nos vamos a tomar una copa, que nos lo hemos ganado —me dijo Juan.

Cogidos con fuerza de la mano, entrelazando los dedos como dos novios relucientes, entramos en un bar. Eché un vistazo rápido, no había mesas libres. Fuimos a dos sillas altas junto a la barra. Juan cogió la carta de ginebras, con más de veinte páginas de sugerencias de todo tipo. Apareció la camarera. Limpió el trozo de la barra donde estábamos con una bayeta con la que, seguramente, había limpiado los platos y los vasos, y hasta los tornillos del váter. Sonreía forzosa y enseñaba un profundo escote donde hacían espeleología todas las miradas masculinas. El padre de mis hijos seguía leyendo la carta y yo opté por un gin-tonic. La noche era joven, pero sobre todo corta, y había que ir al grano.

—¿Quiere una ginebra *premium*? Tenemos una especial esta semana —me sugirió.

—¿*Premium*? —pregunté. Primera noticia de que existía eso.

—Sí, está hecha con gotas de lluvia de los glaciares de Fíflingur en Islandia. Le añadimos luego un poco de *kumquat*, ¿sabe lo que es el *kumquat*?

Así de primeras sonaba a algún ejercicio maligno del gimnasio de esos de bailar a toda leche o a un personaje de *La guerra de las galaxias*. Fuera lo que fuese, como dijo un amigo: «Si el camarero te tiene que explicar la comida, sal corriendo». Negué con la cabeza.

—Es como una naranja pequeña. Es para darle un toque cítrico, ¿sabe? —Afirmé con la cabeza, pero en realidad estaba diciendo «no»—. Como ponemos unas hojas de lechuga Iceberg en el fondo de la copa, el *kumquat* ayuda a equilibrar las notas selváticas y marida los taninos con una hoja de laurel.

Así que éstos debían de ser los famosos brotes verdes que anunciaba el Gobierno. Esperé medio minuto por si la chica seguía añadiendo cosas a aquel invernadero en que quería convertir mi bebida. Me miraba fijamente esperando que fuera yo la que aprobase su particular Quimicefa, así que intervine:

—¿El aceite y el vinagre me los pones tú, o me lo aliño yo?

La del escote me miró como quien ve nevar en un glaciar en Islandia. Mi novio cerró la carta, seguramente más perdido que cuando llegó, y optó por un doble de cerveza.

—¿Larios no tenéis? —pregunté.

La tipa puso cara de haberse comido un pedo en un ascensor. Se giró y de mala gana sacó de la estantería la botella de Larios. Endureció la mandíbula y me sirvió el copazo mientras bamboleaba sus tetas, para disfrute de los australopitecos de la barra.

—Amor —dijo Juan—, tengo hambre. ¿Nos vamos a cenar luego?

Agarré el móvil. Tuve la tentación de recurrir a la sapiencia de mis queridas amigas del grupo de WhatsApp de madres, pero estaba determinada a que hoy el teléfono sólo lo utilizaría en caso de emergencia, y ésta lo era. Busqué en internet una web con recomendaciones que no resultasen demasiado caras. Miré por encima y todas parecían fotos bonitas, mucha pared desnuda con ladrillo visto, mucha bombilla con filamento gordo y look industrial... Bueno, pues perfecto. Total, sólo tenía esta noche, de modo que no era cuestión de ponerme en plan crítica de la guía Michelin. Llamé al primero de la lista, un restaurante que todo el mundo alababa y aseguraba que estaba «súper de moda». Al otro lado de la línea me dio las buenas noches una chica que inmediatamente me pidió que esperase. Comenzó a sonar *Para Elisa*, de Beethoven. A los treinta segundos la melodía se cortaba con brusquedad y volvía a empezar.

Observé a los grupos de personas que tomaban algo, hablaban y reían. Me sentía como en otra realidad, completamente alejada de esa forma de vivir la vida, sin aparentes preocupaciones. Salir, improvisar... Qué lejos quedaba esa otra vida sin niños, pensé mientras se me escapaba una sonrisa y el piano de Beethoven repetía su bucle por quinta o sexta vez. Fueron buenos tiempos, al menos así los recuerdo. Ahora no sentía rechazo, ni nostalgia; sencillamente era un mundo al que ya no pertenecía. Vinieron a mi memoria mis días de soltera, tan lejanos ya. Llevaba más de veinte años enlazando una relación de pareja con otra. Cuando me divorcié, hacía ya ocho años, tuve amantes puntuales, amores de paso. Sacos de arena en aquella riada de sentimientos de urgencia que era mi vida. Como aquel analista, o consultor, que conocí una noche. Me reí. ¿Cómo se llamaba? Bah, qué más daba. Pero yo necesitaba algo más. Como cantaba Bruce, necesitaba huir, romper aquella trampa con un beso eterno, saber que el amor era salvaje y real. Encontrar a alguien y decirle «¡Vámonos!», y que su respuesta también fuera «Vámonos». Que diera igual el lugar, si había vuelos, tormentas de nieve, huracanes, incendios o muros de hormigón. Los atravesaríamos todos. Improvisaríamos París en un salón o en un sofá. Y llegó Juan. Mi mejor casualidad.

—Disculpe la espera. —La voz femenina de antes interrumpió a Beethoven—. ¿Dígame?

—Quería una mesa para dos, por favor.

—¿Para cuándo quería hacer la reserva?

—¿Cómo que para cuándo? Pues para ahora, es hora de cenar.

—Disculpe, no tenemos mesa hasta dentro de siete semanas.

—¿¿Siete semanas?? Pero si eso son casi dos meses. Señorita, que tengo dos hijos. Que yo no puedo planificar mi vida. O sea, yo vivo en el caos. Mi casa es un accidente, ¿sabe? No sé lo que voy a hacer en diez minutos, como para planificar algo en siete semanas.

Me colgó.

De inmediato llamé a otro, y luego a otro, y luego a otro más. Todos estaban ocupados. En todos había que reservar con semanas de antelación. Ya me veía en casa llamando a Telepizza mientras mirábamos un programa de tertulianos *borderline* gritando mucho, o un documental de la Segunda Guerra Mundial coloreado en tonos pastel. Joder, qué depresión.

—¿Ha habido suerte? —preguntó mi novio.

—Pues no, Juan, no —dije cabreada—. No hay sitio libre en todo Madrid.

—Bueno, anda, amor, tranquila.

—No, Juan, de tranquila nada. Me estoy muriendo de hambre y yo a casa no vuelvo. O sea, por encima de mi cadáver.

—Ciel...

—Es que no lo entiendo, Juan, no lo entiendo. Todo el mundo con un móvil de seiscientos euros, y un iPad y una Smart Tv y un no sé qué, y reservando a dos meses vista y la hostia en bicicleta. ¿Pero no estamos en crisis? Pues no, Juan, lo que estamos es gilipollas, te lo digo yo.

Ay, madre, estaba sonando igualita a mi cuñado. Ahora me pondría a hablar de Fórmula 1, del gol anulado al Español, de vinos de la D. O. Ribera del Duero y de ginebras *premium*, como la petarda de la barra. La combinación de alcohol con mi estómago vacío estaba creando una bomba en mi cabeza. Di el último sorbo a mi gin-tonic, agarré de la mano a Juan y salimos.

Tras un par de vueltas encontramos mesa en una hamburguesería. Con paredes de ladrillo, bombillas de filamento... y manteles de papel y kétchup industrial. Eso sí, estaban ricas, y además, qué más daba. Aprovechamos aquellas horas para reír, hablar y, sobre todo, reconciliarnos de los nervios y las salidas de tono que arrastrábamos día a día.

Llegamos a casa pasada la medianoche. El silencio

pesaba como cien toneladas de plomo. Sentimos el impulso inicial de ir a las habitaciones y observar a los niños dormidos, y nos reímos, en voz baja primero y con una sonora carcajada después, en cuanto caímos en lo absurdo de nuestro comportamiento. No hubo sexo. Ni sobre la encimera de la cocina, ni en el sofá, ni en la propia cama. Sólo el cansancio acumulado, la aceptada resignación de lo inevitable. Caímos dormidos al momento. De madrugada me desvelé, alarmada por aquel estruendoso silencio, incapaz de acostumbrarme a la quietud que engullía la casa. Le eché un vistazo al móvil por si había algún mensaje de emergencia, pero no. Todo estaba en orden.

A mi lado, Juan dormía profundamente, su respiración armoniosa y callada. Traté de conciliar el sueño sin lograrlo. Observé el techo del dormitorio y en mi mente volvió a aparecer aquella pregunta: «¿Cómo se llamaba el analista aquel?».

Rana

Ignacio. Se llamaba Ignacio. Era la primavera de 2007
y lo único que florecía en mi vida era una depresión
de caballo por culpa del capullo de mi ex marido, R.,
un picaflor a quien había pillado en plena poliniza-
ción. Ocho años y nueve meses de relación se marchi-
taron en segundos, como marchita estaba yo en casa,
lamentando mi flamante estatus de divorciada, cuando mis amigas Simona y Yolanda se plantaron sin
previo aviso, y me sacaron a rastras hasta un bar de
música insoportable que acabó taponando mis penas,
y mis oídos. Ignacio tuvo que gritarme su nombre varias veces. Treinta y pocos años, aseguraba. Educado,
guapete, con una sonrisa irresistible donde su nívea
dentadura destacaba en la tenue luz que ambientaba
aquel garito. Era analista, un trabajo cuya mecánica
nunca he terminado de entender, pero que, desde luego, sonaba como muy elitista: viajes a Dubái, trajes
entallados y corbatas ligeramente desanudadas tras

horas de intenso trabajo intelectual. Le imaginaba extrayendo su portátil y abriendo un Excel con curvas y tablas para sacar derivadas, integrales y medias. Con gestos, miradas y sonrisas rompimos aquel muro de sonido donde las conversaciones vanas hicieron su tilín. De la mano me condujo en su Audi A3 deportivo hasta su casa, donde me disponía a dejarme analizar, a que me demostrara sus tablas y bajara las medias, y me derivase hacia lo más integral de su anatomía. Vivía en un apartamento típico del barrio de Salamanca, un edificio rancio de puro clásico, con una doble escalinata de piedra que convergía en un antiguo pero elegante ascensor de madera de principios del siglo xx, con una elaborada puerta de forja que daba paso a otra de madera brillante. Mientras ascendíamos, nos sentamos en el banco de terciopelo rojo, como el carmín de mis labios que ahora su boca despintaba hambrienta. Llegamos a su piso y acalló con un nuevo beso mi exclamación al encontrarme en aquella suntuosa vivienda. El salón medía ochenta metros cuadrados, y todo respiraba un aire antiguo, pesado de puro clásico. Me tumbó sobre un sofá color verde botella y me dejé llevar por los mordiscos que iba repartiendo en mi cuello. Sus dedos abrieron la cremallera de mi vestido y dejaron al descubierto mis pechos. Cuando su lengua se disponía a lamer la areola de mis pezones, el lamento de una bisagra rayó la noche como el zafiro de una aguja deslizándose bruscamente sobre el surco de un vinilo.

La doble puerta acristalada del salón se abrió y

apareció un hombre elegante, pelo canoso, de unos sesenta años. Cara adormilada, pelo revuelto y gafas de cerca. Vestía una bata de seda color burdeos con paramecios. Miró su reloj de oro y, visiblemente enfadado, inquirió a mi yuppie:

—Pero ¿se puede saber qué cojones está pasando aquí?

Con la templanza de un torero, Ignacio se incorporó y, dirigiéndose al de la bata, respondió:

—Tranquilo, José Ramón, puede usted acostarse. Mañana a las ocho me sirve el desayuno en el salón principal, como siempre.

La hostia que le soltó el de la bata se pudo oír en todo el barrio de Salamanca. ¡Pero Salamanca ciudad! Enmudecido, mi adonis se llevó la mano a la mejilla y acarició su rojez frente a la mirada impasible y severa de su padre. Yo, con las tetas al aire, adquirí la agilidad de una gacela y salí huyendo de aquel vodevil trasnochado.

En el taxi que me conducía de vuelta a casa, la radio narraba historias de madrugada de corazones solitarios, soñadores que compartían su soledad con la terapéutica voz del locutor y el reconfortante silencio de la audiencia como firme asidero.

Vivimos embaucados por sueños de historias de amor imposibles y cuentos de hadas, pensé, cuando el mayor cuento suele ser la propia vida, donde muchas veces el príncipe azul destiñe o, como me había ocurrido aquella madrugada, me había salido rana.

Bótox de confianza

El sexo alivia la tensión, el amor la
aumenta.

Woody Allen

Fue idea de La Pija. Quién lo hubiera imaginado, una
señora hecha y derecha de cuarenta y muchos, tan
seria ella, con ese pelo tan cuidado, uñas de porcelana,
un bolso carísimo y organizando semejantes saraos.
Pero claro, de entrada La Pija es toda una caja de sorpresas. Nunca he entendido qué hace una señora tan
finolis trabajando de cajera. Bueno, ni yo ni las compañeras del súper. Apenas sabemos cuatro cosas de
ella: que su marido tiene un puestazo en una multina-
cional y que son padres de cinco hijos que se llevan
diez meses entre ellos: Mencía, Beltrán, Cayetano,
Pelayo y Camino de María, que suena a nombre de
guía de Amsterdam. Pobrecillos, llevan el pijismo has-

ta en el nombre. Su marido ha venido a recogerla varias veces en un cochazo negro de impresión con los vidrios tintados, pero no se apea nunca y ella se sienta atrás. Que igual el que la recoge no es el marido, vete tú a saber. No sé, todo muy raro y muy pijo.

Por eso, cuando me invitó a acompañarla para ir a una reunión de *tuppersex* no lo dudé. Era una oportunidad única para conocer esos mundos de la jet tan misteriosos, y una buena alternativa a mi decadente vida sexual. Con dos fieras en casa todo había adquirido un nuevo significado. Echar un polvo mañanero era preparar el biberón de la niña, y pasarlo bien en bolas se traducía en zambullirme en la piscina de un chiquipark. Con semejante panorama, conocer juguetes sexuales se me antojaba algo trepidante.

De modo que, tres días después, fuimos a un chalet en una pequeña urbanización a las afueras de Madrid. Nos abrió una asistenta filipina con uniforme que nos condujo al comedor, donde La Pija me presentó a tres amigas que pasaban de los cuarenta, con buena posición social a juzgar por la ropa y las joyas que lucían, y, sobre todo, unos bolsazos que te mueres. Noté que todas, incluida mi compañera de trabajo, tenían un detalle en común: el «morropato». Se habían inyectado ácido hialurónico en los labios y en el bozo (o sea, el bigote), cuyo resultado era una boca artificial, ridícula por la falta de arrugas y su forma antinatural. El labio superior era un trozo de carne aplastado, como un gusano al que pasas por encima con el zapato. Resultaba bastante patético. Cuando un retoque estético es evidente produce el efecto inverso: en lugar de ocultarlo —o, al menos, disimularlo—, subraya aún más esa debilidad.

Estábamos charlando sentadas alrededor de la mesa del comedor cuando, cinco minutos más tarde, llegó la maestra de ceremonias. Era un calco de las otras: llevaba el pelo largo recogido en una coleta, pantalones ajustados de montar a caballo y botas de piel negra hasta la rodilla. También se había *desgraciao* la boca, como el resto, pero lo más grotesco era su cara estirada como la piel de una pandereta. Parecía de cera. Si hubieran subido la calefacción en ese momento, se habría derretido como el nazi de *En busca del arca perdida*. Al caminar emitía un sonido de cascabel. Observé su cuello y su muñeca pero no logré encontrar el adorno que lo produjera. Arrastraba una pequeña maleta de viaje con ruedas, pero el tintineo tampoco provenía de ahí.

—¿Qué tal, chicas? (clinclinclin). —Mostró media sonrisa. Si sonreía un poco más seguro que se le movía el dedo gordo del pie de lo estirada que tenía la piel.

Se me presentó con sendos besos en la mejilla, y al resto de morropatos por su nombre. Se sentó a la mesa y pidió a la filipina una jarra de agua y unos vasos.

—Mirad lo que os traigo hoy (clinclinclin). —Se agachó, abrió la maleta y sacó dos bolas de acero como de máquina de *flipper* unidas por una cuerda. Las movió y descubrí el origen del tintineo—. Son unas bolas chinas que acaban de llegarme.

Las morropatos se las pasaron de mano en mano con gesto travieso.

—¿Las habéis usado alguna vez? —Negamos—. Se meten por la vagina —risas nerviosas entre las chicas— y estimulan las paredes vaginales. Mejoran la circulación y te dan muchísimo placer. Yo ahora mismo llevo puestas unas fabulosas —dijo en tono confidencial.

Entiendo que las llamasen «bolas chinas» porque «cascabel para el chocho» era poco comercial. No me metía yo eso ni borracha. La Pandereta rebuscó en la maleta y sacó una caja rectangular.

—Bueno, pero lo que os quería enseñar es esto. —La abrió y extrajo un enorme pene hiperrealista de treinta centímetros de largo con más venas que el cuello de un cantaor.

—Madre de Dios, ¿esto qué es? —exclamé.

—Es el pene del actor porno Bob Bardot. Acaban de ponerlo a la venta en USA —pronunció iu-es-ei— y lo he conseguido de-mi-la-gro. Tocad, tocad. Está hecho con un látex especial que imita la piel. Mirad qué venas tan realistas. No lleva pilas, pero ni falta que le hace. —Más risitas de las morropatos.

Yo no podía quitar la vista de aquella cosa. Virgencita del Pilar. Eso no era un pene, eso era la manguera del Empire State Building. En vez de meter el consolador en una caja deberían ponerle un cristal con el cartel: ROMPER EN CASO DE INCENDIO UTERINO. Normal que no fuese a pilas, habría que meterle la fábrica Duracell entera para hacerlo funcionar. Si el tal Bob se echaba al hombro el tema iba a parecer la Sota de Bastos.

—Lo mejor es que podéis meterlo en la nevera y

se pone duro como una roca. —Sí, hombre, lo que me faltaba: que mi hija abriera la nevera para coger un Petit Suisse y se encontrara el cipote ahí plantado. Al psicólogo de cabeza.

—¿Cuánto cuesta? —preguntó una de las morropatos.

—Éste te sale por quinientos cincuenta euros, pero si se os va de precio tengo este otro que es un clásico... —Sacó una especie de dedo índice de goma de un palmo de tamaño, del que sobresalía un dedo pulgar. Era de látex, color rosa chicle—. Estimula la vagina, el clítoris y el punto G. Os vais a volver locas.

«A ver, reina», pensé, «si me quieres volver loca de verdad, sácame a Brad Pitt, que bastantes juguetes tengo yo tirados por casa». La mesa se iba llenando de esposas, antifaces de terciopelo, bragas comestibles... No me inspiraban la más mínima fantasía. Qué anticuada me sentía. Me daban ganas de colocarme un pañuelo en la cabeza y ponerme a hacer punto de cruz. Mientras tocaba aquellos trastos, La Pandereta me agarró la mano y, en un reproche tamizado por un tono maternal, me dijo:

—Reina, tienes las manos sequísimas. —Antes de que pudiese reaccionar o argumentar cualquier excusa válida ante la inoportuna frase, contraatacó—: Mira, prueba esta crema, te va a venir de maravilla. —Con un rápido juego de manos, propio de un experto prestidigitador, extrajo de la maleta un tarro de crema—. Ésta te la regalo yo. Ya me dirás.

La Morropato 1 me tocó el brazo:

—Oye, Pura…, te llamabas Pura, ¿verdad? —Abrí la boca, pero ella siguió—: ¿Has probado el Vistabel?

—¿¿Lo… los quesitos esos que vienen en una pelota roja?? Es que mis hijos son más de La vaca que ríe.

Todas se rieron y yo no entendí por qué. Morropato 2 se dirigió a Morropato 1:

—Chica, es mucho mejor Azzalure, mira. —Y se señaló su boca de pata Daisy como si fuese el súmmum de la belleza—. ¿No lo has probado, Pura?

—Puri —corregí.

—Te dan unos pinchacitos y, chica, te quitan cinco años.

—Y diez —añadió La Pija.

«Para mí que habéis calculado al revés», pensé.

—¿Habéis probado con Moisés? —preguntó La Pandereta, que abrió otro tarro y me lo acercó—. Toma, ponte esto en la cara, es baba de caracol. Te va a disimular las arruguitas que tienes en la barbilla.

Primera noticia de que tenía arruguitas ahí. Pero obedecí, y me unté toda la cara de aquel moco transparente y correoso.

—Moisés me gusta pero me parece muy osado —retomó Morropato 3.

—Es el que mejor te pone el Vistabel —aseguró Morropato 1, y La Pandereta asintió con la cabeza mientras sacaba tubos y cremas de su maleta sin fondo.

Yo miraba a una y a otra como quien ve pasar bólidos de Fórmula 1 a toda velocidad.

—Hay un bótox coreano que cuesta la tercera parte —intervino Morropato 2—, pero ése no te lo recomiendo, Pura.

—Puri.

—¿Y qué me decís de los peces *garrufa*? —preguntó Morropato 3—. Te comen las pieles muertas y los pies te quedan maravillosos.

—Yo a-do-ro los *garrufa* —dijo en un tono sobreactuado La Pija (o sea, la de mi súper, porque en realidad todas eran unas pijas)—. ¿Sabéis que lo mejor es ir a las diez en punto porque tienen hambre y comen más?

—Ay, no, chica —interrumpió Morropato 1—. Yo no salgo de casa hasta las doce, que tengo los rasgos asentados. —Lo que me faltaba por oír. A ésta le daba yo un pico y una pala y le quitaba la tontería en un minuto.

—Pura, mira este sérum. —La Pandereta cogió un tubito de la mesa—. Es ideal para el frío porque tiene muchos oligoelementos. —«Tú sí que eres una oligoelementa. Anda, corre a ponerle una denuncia al que te ha hecho eso en la cara, morena»—. Éste no te lo puedo regalar porque es oro puro. Pero te dejo el precio del catálogo anterior.

La Pandereta me guiñó un ojo, cómplice. Me pareció milagroso que pudiera hacer ese gesto sin que se le abriesen las carnes y se pelase viva.

—Es que si no crees en las cremas, en qué crees, ¿verdad? —añadió La Pija en un momento de lucidez mental.

No callaban ni bajo el agua. Aquellas abonadas al *running, lifting, peeling, refining, cleansing, antiaging* y *scrubbing* habían perdido el *norting*, y yo lo perdería también si no salía huyendo de ese aquelarre de adictas a la medicina *estética*. Yo, que había logrado salir airosa de los camellos y autodeclarados amigos que durante mi adolescencia me ofrecieron toda suerte de sustancias ilegales para alcanzar la felicidad, acababa de caer en las garras del cártel de la crema y los potingues. ¿Cómo desembarazarme de ellas? Podía agarrar el pollón ese de quinientos y pico euros y usarlo como arma para abrirme paso hacia la salida, pero La Pandereta enloquecería, se sacaría las bolas del higo y me arrearía una hostia en la cabeza. Luego yo despertaría en una camilla, atada de pies y manos, inyectada de bótox hasta las orejas y descubriría que me habían dejado la cara como la de Camilo Sesto, pero no la de cuando hizo *Jesucristo Superstar*, sino la de ahora. Inundarían la sala con un millón de peces *garrufa* que se abalanzarían sobre mí y me devorarían a mordisquitos todo el cuerpo, y yo me volvería loca y me pondría a gritar con la vocecita de Camilo «¡¡¡¡AAA-ALGOOOOOO DE MÍÍÍÍÍÍÍÍÍÍ... SE VA MURIEEEENNN-DOOOO...QUIEEEEE-ROOOO VIVIIIIR, QUIEEEROOO VIVIIIIR...!!!!».

Yo también quería vivir. Regresar a mi mundo no pijo de arrugas y de ceños fruncidos, pero con sonrisas abiertas, enormes, plenas. Gigantes. Que los únicos peces que devorasen mi tiempo fuesen los de *Buscando a Nemo*, y que los pinchazos que recibiera mi rostro fuesen de los besos barbudos de mi novio. Emociones a flor de piel y no de látex.

Opté por la opción más democrática y claudiqué

pagando mi libertad con un billete de 50 euros, y a cambio obtuve frascos y tubos de diversos productos, más otros tantos de muestra. Menudo timo. Sonreí toda falsa, y puse como excusa a mi pronta marcha un compromiso ineludible. Una hora más tarde llegaba a mi casa. Con todo lo que llevaba en el bolso era incapaz de encontrar las llaves. Juan me abrió.

—Pufff... Mi amor, te tengo que contar. Vaya tardecita. He estado con unas locas que...

—Sssh, no hagas ruido, cielo, los niños ya están dormidos.

—¿Cenaron bien? ¿Los bañaste?

—Sí, sí, claro. Todo bien. Fuimos al parq... —Vio mi cara brillante bañada de espeso moco transparente, y su rostro mudó de terror—. ¿¿Qué tienes en la cara??

—¿Yo? ¡Ah, es baba de caracol! Tiene un montón de oligoelementos, para las arrugas y el frío, y Babybel y no sé qué más.

Juan me miró estupefacto unos segundos. Dio media vuelta y se fue por el pasillo.

—Oye, cari, no seas así. Dame un beso, por lo menos.

Se detuvo. Se giró, me observó de arriba abajo sin mudar el gesto, y me soltó:

—Que te bese el caracol.

Voy a ser esquimal

El verano es una época muy chunga porque tus hijos no están en el colegio quemando energías sino en casa, acelerados como si se hubieran comido una tortilla de anfetas. A nivel sentimental, te toca pasar más tiempo de lo habitual con tu pareja (sea cual sea, siempre hay un límite), y la única solución es desconectar de raíz. Por todo esto, uno de cada tres divorcios se produce en verano. Para rematarlo, siempre surge el eterno y trascendental debate en toda familia: ¿playa o montaña? Cuando tu pareja te lo pregunta sabes que, digas lo que digas, la vas a cagar. Por si fuera poco, la frase suele ir seguida de otra peor del tipo: «Bueno, habrá que reservar unos días para visitar a mis padres». Entonces suena la musiquita de la ducha de *Psicosis* en Dolby Surround y piensas: «¡¡¡Pero cómo no voy a divorciarme!!! ¡¡¡Si lo verdaderamente milagroso es haber aguantado tanto!!!».

Después de mucho darle vueltas al asunto he dado

con la solución: hay que hacerse esquimal. Los esquimales no tienen estos problemas porque, sencillamente, no tienen verano. No es que no tengan, es que no saben qué demonios significa. Un esquimal tiene cien palabras para definir la nieve, pero ni una sola para verano. En Groenlandia, la primera palabra que escriben los niños no es «papá» ni «mamá» sino «Ibuprofeno». Hay más hielo que en un macrobotellón, y su clima es tan predecible que el hombre del tiempo del telediario es en realidad un vídeo que grabaron hace cuarenta años y repiten todos los días. Árboles debe de haber pocos, y parques temáticos me da a mí que, como no amaestren un ratón y lo vistan de esmoquin, y al pato del lago de primera comunión, tampoco tienen mucha más opción. Por eso nadie se divorcia. Como mucho, pueden discutir si van al iceberg de la derecha o al de la izquierda. Ahí termina todo. Es muy cómodo. Si Vivaldi hubiera sido esquimal, en vez de componer *Las Cuatro Estaciones* la habría llamado *La Estación*. Otra cosa buena que tiene ser pareja de un esquimal es que nunca te pondrá los cuernos. De entrada, lo de salir a ligar lo veo complicado: no se ve muy concurrido aquello. Si acaso, un esquimal puede tirarle los tejos (¿tirarle el arpón?) a un oso polar o a una foca. Suponiendo que logre pegártela con alguna pelandusca, cuando lograse quitarse las veinticinco capas de ropa térmica se le habría pasado el calentón, valga la redundancia, o se le habría hecho tarde y tendría que regresar al iglú con la familia. El único riesgo es que si, a pesar de todas las dificultades, lograse consumar con su amante, le acabarías pillando porque llegaría a casa con estalactitas en los huevos.

Pero, en fin, como no todos podemos ser esquimales, disfrutemos de las cosas buenas del verano, evitemos las discusiones y, de vez en cuando, demos nuestro brazo a torcer. A lo mejor por eso Mahoma no fue a la montaña, porque su mujer quería playa.

Vaya toalla

Cuando uno piensa en la playa le viene a la mente esa idílica imagen de la serie *Los vigilantes de la playa*: puestas de sol de postal que destacan en el horizonte y socorristas con cuerpazo; en especial ellos, tiarrones de quitar el hipo, con tableta de chocolate en los abdominales, músculos definidos y pelazo, corriendo a cámara lenta con el flotador ese naranja, que no entiendo cómo no se ahogó media California para que alguno de esos chulazos le hiciera el boca a boca. Vamos, yo llego a estar allí y me ahogo todos los días tres veces. Me pongo un bañador de plomo macizo y me voy directa al fondo del mar. Mitch Buchannon, deja el puto coche fantástico y ven a buscarme *right now*, pecholobo. O manda a cualquiera de los otros chavales, que no recuerdo cómo se llamaban pero que da igual.

Con hijos la cosa cambia. Ir a la playa con niños es una novela de Stephen King. La única vigilante de

la playa aquí eres tú, que estás en forma, sí, pero redonda de atascarte a helados y a todo lo que pillas en el bufet del hotel, que pareces el fantasma verde de *Los Cazafantasmas*. No te puedes poner un bañador rojo como la Pamela Anderson porque te confunden con una boya y te atarían un pedalo al tobillo. Si te pones un bañador negro y te tumbas en la arena, vienen cinco de Greenpeace a devolverte al mar. Vives sin vivir en ti para evitar que una ola asesina ahogue a los niños, o se atraganten con el bocadillo, o se metan en la boca una colilla enterrada, o se pierdan entre el mogollón, que aquello parece el metro de Tokio en hora punta. Te ves corriendo por la orilla, hiperventilando, con las lorzas rebotando a cámara lenta, el chaval a punto de tragarse una medusa muerta del tamaño de una bolsa azul del Ikea, y tú con cara desencajada cantando: «*I'll beeee reeeaadyyyyy... Never you fear! Iiiii'll be reeeeadyyy...*».

Tampoco debe faltar el «Decálogo del Niño No». Diez frases autoritarias para atar corto a nuestros vástagos, que comienzan con el taxativo «Niño no...

1. ... te metas en lo hondo».
2. ... te tires de cabeza».
3. ... te metas de golpe».
4. ... salpiques».
5. ... tires arena».
6. ... molestes a los señores».
7. ... me puedo creer que tengas hambre después de haberte comido dos bocadillos de filete empanado».

8. ... te bañes todavía, que tienes que hacer la digestión».
9. ... te vayas lejos».
10. ... y punto».

Te hueles que el día en la playa será de aúpa cuando estás preparando el capazo por la mañana. Lleva tantas cosas que parece el bolso de Mary Poppins: una toalla grande para cada uno, tres más por si las otras están mojadas para que nadie coja frío, chanclas, zapatos, pañales, otro juego de bañadores para que no se lo pongan húmedo, toallitas húmedas, servilletas, comida, bebida y, por supuestísimo, protección solar factor 5.000. Sea cual sea el nivel, siempre estarás acojonada pensando que no es suficiente y tu niño se va a achicharrar como cuando a Drácula le daba la luz del sol. «¿Protección especial para vulcanólogos que protege contra lava fundida?» Hmmm, no es suficiente. Sí, queridos lectores, el día que los de la NASA quieran ir al sol, llamarán a una madre para que unte al astronauta. Ah, y los cubos, no te olvides de esos cubos llenos de rastrillos, palas y estrellas de mar huecas para hacer figuritas. El cubo te lo venden cargado hasta los topes de cosas, pero luego no hay manera de meterlas de nuevo dentro. Igual que con los prospectos de los medicamentos. Yo creo que la fuga de Alcatraz la organizaron con un cubo de playa. Vas más cargada que un peregrino haciendo el Camino de Santiago desde Roncesvalles. ¡Y eso que sólo llevas lo imprescindible! Lo imprescindible significa que si hay un holocausto nuclear, tú te salvas. Bueno, tú y el capazo. No sé de qué está hecho el capazo pero no se rompe.

Eso a la ida, porque a la vuelta es peor. El regreso de la playa es como la ida pero en versión apocalipsis. Vuelves con el pelo comido de mierda, pegajoso, tan tieso que ríete del gel fijador efecto cemento, y encima tienes un cacho de hombro en carne viva porque se te olvidó untarte ahí. Los niños lloran a grito *pelao* porque están reventados, y tú parece que vengas de salvar al mundo de una invasión alienígena. Sólo te falta ponerte a cantar *In the ghetto*. Intentas meter todo en el capazo pero rebosa por ocho sitios porque los niños lo han atiborrado de conchas, piedrecitas y unos pececitos que, naturalmente, morirán esa misma noche. Por desgracia, al final siempre te olvidas algo que provoca que al niño le dé un ataque.

—¡¡¡¡Mamááá, la palaaa!!!!

Y tú pensando: «La paaala, la paaala, la puta de la paaala...». No puedes con tu alma. Te pica el cuerpo como si en vez de tumbarte en la arena te hubieses echado sobre un hormiguero de marabuntas.

Dejas atrás la playa, y dejas atrás, también, tus fantasías. El mar ha barrido tus sueños húmedos, y en tu horizonte ya no luce una puesta de sol de postal y la silueta de un socorrista esperando para salir a tu encuentro, sino algo mucho más excitante, seductor y caliente que recorra cada centímetro de tu boca, tus pechos y cada pliegue de tu sudoroso cuerpo: una buena ducha.

El sueño de la ración produce monstruos

Tu piel morena sobre la arena,
nadas igual que una sirena.
Tu pelo suelto moldea el viento,
cuando te miro me pongo contento.

Viceversa, Ella

Si saltarse la dieta fuese disciplina olímpica, yo tendría cuatrocientos oros. Tengo que adelgazar. Deberían abrir gimnasios donde pudieras llevar a los niños, porque, al menos a mí, no me dan las horas del día para trabajar, pasar tiempo con mis hijos y, encima, hacer gimnasia. Tengo más miedo a la ropa de verano que a la factura de la luz. Cada año la misma historia: abro el armario y todo lo de la temporada pasada ha encogido dos tallas, hasta los bañadores.

Suspiro resignada y, como cada lunes de cada semana, me propongo empezar la dieta. Cuando llega el mediodía ya me la he saltado tres veces. Y mientras bajo los kilos, ¿qué? Si me pongo ropa holgada y grande, cantará que trato de ocultar las lorzas y el muslamen jamonero. Si, por el contrario, me decanto por la ropa ajustada, pareceré una morcilla, lo cual tampoco ayuda mucho. Elijo el autoengaño como alternativa y me voy a comprar ropa nueva un poco más grande. Lo primero que me encuentro es una tienda llamada Sphera, que más que una marca parece un insulto. Llamar Sphera a una tienda de moda es como llamar Phracaso a una dieta. Luego descubro que Mango ha sacado una marca de tallas grandes y la ha llamado Violeta, que es del color que me pongo cuando trato de cerrarme los vaqueros. En una revista decían que mi problema es que soy *curvy*. Mira, *curvy* tu puta madre. Y claro, entre una tienda que me llama pelota, la otra que me recuerda que estoy fondona y la revista que se pone a llamarme cosas, me estreso tanto que acabo en el McDonald's comiéndome un Big Mac y una caja de veinte *nuggets*. La moda es cruel.

Broncearse, en cambio, es una solución redonda. Una piel morena representa estatus, poderío y elegancia. Es como pertenecer a esa élite de famosos que siempre están estupendos y sonríen a la vida con una fila de dientes blancos, alineados con escuadra y cartabón.

Por desgracia, los extremos nunca son buenos y muchos se han pasado de castaño oscuro, hasta convertir el bronceado en una adicción que los expertos han bautizado como tanorexia.

Y yo me pregunto, ¿cómo será la vida de un yonqui del bronceado? Si te confiesa que tiene un buen marrón... ¿le compadeces o lo felicitas? ¿Cómo se dirigen al resto de los tanoréxicos? ¿Por su nombre de pila, o directamente se llaman *brother* o *nigga* chocando los puños? ¿Cuándo consideran que han llegado al máximo nivel de tostado? ¿Cuando se juntan ocho y les sale un bolo para dar una misa góspel en Harlem?

Yo, la verdad, admito que algo de razón doy a los tanoréxicos. Estas modas agobian tanto que absorben tus neuronas y te acaba patinando el embrague. Lo típico que vas a disfrutar tu día de playa, ves a todo el mundo con un color de piel estupendo, y cuando te quitas la camiseta te das cuenta de que tienes la piel tan blanca que pareces una goma Milan Nata, sólo te falta ponerte una faja rosa. Es entonces cuando tu mente, reconcomida por las miradas ajenas y licuada por el calor, engendra una brillante idea: tomar el sol sin crema protectora para acelerar el proceso. Por algún extraño motivo, los efectos sólo pueden verse cuando llegas a casa, pero entonces es demasiado tarde para dar marcha atrás. Te miras al espejo y compruebas que estás más roja que el cangrejo Sebastián de *La sirenita*. Estás tan abrasada que hasta los guiris admiten que te has quemado. No sabes si echarte *aftersun* con una pala, o dibujarte un relámpago en el pecho e ir por la vida de Rayo McQueen. Definitivamente, broncearse es un marrón.

Con la piel en carne viva, asumes tu derrota y decides dejar la playa por unos días. Te vas a una terracita y, al abrigo de una sombrilla, pides un helado de chocolate de tres bolas. Entre lametazos observas a los viandantes lucir sus cuerpazos tonificados y bronceados mientras te prometes, esta vez de verdad, que el lunes empezarás la dieta.

El ciclo sin fin

Al final, las vacaciones se terminan. Los niños llegan
a casa reventados del viaje después de cuatro horas
mirando en bucle *Peppa Pig*. Han visto más cerdos
en cuatro horas que el dueño de Guijuelo en toda su
vida. Entramos en casa y según abro la puerta me
golpea un tufo a cañerías. Después de dos semanas
con la llave de paso cerrada la casa huele a mapache
muerto. Me cuesta dieciséis litros de amoníaco y cuatro velas perfumadas borrar el rastro del hedor. Los
niños gritan eufóricos al reencontrarse con sus juguetes. Los lanzan por los aires y todo el cansancio que
tenían también se va por el desagüe. Mientras mi novio deshace el equipaje, en una perfecta sincronía voy
clasificando las prendas. Al sacudirlas cae tanta arena
que acabo teniendo una réplica de la playa de Alicante. Colores oscuros, claros, delicados, a mano, lavadora especial de bañadores en ciclo corto para que no
entre la arena al resto de la ropa... El ciclo sin fin

no era lo de la peli del rey león, soy yo poniendo lavadoras. Estoy por agarrar un bote de detergente, asomarme a la ventana y ponerme a gritar: «¡¡¡¡AAA-AAAAASIGÜEÑAAAAA!!!!».

El suelo de mi casa es ahora una cordillera de montañas de ropa sucia. Los niños llegan corriendo y de una patada esparcen la arena y mezclan mis montoncitos. Me pongo a gritarle a Juan para que se encierre con los niños en el cuarto y que tapie la puerta con tablones. Me pregunta si me ayuda y le respondo con un berrido que se largue. Prefiero ejercer de maripuri a que lo haga él. Le imagino con la Arielita en una mano, a lo Hamlet, y una camisa en la otra preguntándose: «¿Ser color... o ser blanco?... Yo qué ser...». Tengo que poner tantas lavadoras que voy a tener que echar una biodramina en el tercer cajón de la lavadora. Supongo que lo habrán puesto para eso porque, si no, ya me dirás tú. Echo el suavizante con aroma a jabón de Marsella y no puedo evitar preguntarme si en Marsella usarán suavizante al aroma de Fuenlabrada. Lo peor de todo es que cuando termine de lavar habrá aparecido, por arte de magia, otra montaña de ropa sucia. Esto es como el Tetris, pero en vez de caer piezas, cae ropa. *Lavar y planchar*, así titularé mi biografía (y, a este ritmo, mi epitafio). Cuando me siento a hablar con mis amigas sobre cine o televisión, si alguna me pregunta cuál es mi programa favorito siempre respondo que el de tejidos delicados. De tender tanta ropa mis brazos han cogido la postura y parezco una banderillera: la Niña de la Pinza. Parece

que me haya recorrido Europa en una moto chopper a lo *Easy Rider*. No sé si echarme en el sobaco desodorante, Reflex o 3 en 1. Mi cerebro ha quedado centrifugado de estímulos y me doy por vencida ante la evidencia de que soy madre y se me acabó la buena vida y aquellos días de grandes desparrames. Mi fiesta de la espuma es hoy el baño de los niños, y si llegasen a coronarme como Miss Camiseta Mojada sólo sería por la cantidad de lavadoras que pongo a la semana, aunque a la vista de los lamparones que pueblan mis blusas me pega más ser Miss Camiseta Potada.

Observo el caos. Me muero de la pereza. Saco la sombrilla de la maleta y la clavo en la arena que cubre el suelo del salón. Enrollo unas bragas e improviso una almohada. Me tumbo y cierro los ojos. Ya queda menos. Sólo veinticuatro horas. Mañana será el día. Respiro aliviada. Mañana regresaré al trabajo y podré, por fin, descansar.

Tecnología pu(n)ta

Es pura ley de Murphy: los aires acondicionados siempre se rompen en verano y las lavadoras en pleno centrifugado. Aquella vez no fue una excepción. No había visto tanta agua cn mi vida ni cuando fui al cine a ver *Waterworld*. A ese ritmo, iba a dejar los campos de golf secos. En cualquier momento llamaría a la puerta de casa un señor con bombachos, zapatos blancos con flecos y un palo de hierro a echarme la bronca. El que llamó fue el vecino de abajo, gritándome que su techo goteaba por diez sitios, y parecía la cúpula de Barceló para la ONU. Delante de mí pasó, flotando encima de un libro a la deriva, el gato de la vecina, que me lo había dejado al cuidado unos días para darle de comer. Comer no sé, pero de beber se iba a hartar. Ante semejante tesitura, cerré la llave del agua y me fui a comprar una nueva lavadora. Había cuarenta modelos. Un vendedor acudió raudo.

—¿Qué desea?

—Una lavadora.

—Perfecto. ¿La quiere semiautomática, con tambor, con impulsor, con agitador, de carga superior o frontal?

—...

—...

—Blanca.

Se fijó en mi teléfono móvil y pareció encontrar el camino de baldosas amarillas a la lavadora de Oz que resolvería mis apremiantes carencias.

—Mire, esto es lo que necesita: lavadora con Bluetooth para manejarla a distancia.

Me sedujo al instante y me la llevé a casa, porque ¿quién no ha vivido una de esas situaciones en que estás esperando en la consulta del dentista, o en la parada del autobús, que llevas ahí diez minutos mirando al infinito y es como si llevaras tres años, y de pronto piensas: «Anda que no me gustaría a mí poder poner ahora una lavadora»? Bien, pues gracias al Bluetooth ya podía. Claro que, así, a bote pronto (a bote de detergente, se entiende), había cuestiones que me quedaban por responder: ¿cómo se echaba el suavizante?, ¿mandando un SMS? «Manda "suave" al 5555.» ¿Cómo metía la Arielita?, ¿en un archivo adjunto? Si lavaba ropa blanca con Bluetooth, ¿se desteñía por mezclar colores? Y para centrifugar, ¿qué debía hacer?, ¿poner el móvil en modo vibrador?

Lo único malo era que si no cerraba bien la puerta de la lavadora se me iba a llenar la oreja de espuma. Y si, además, también tenía un horno con Bluetooth sería peor, porque si no le ponía la tapa de plástico al plato de sopa, me iba a salpicar todo a medida que calentaba, que estaría yo hablando por el móvil en el curro creyendo que en casa iba todo bien, y empezarían a salir fideos por el auricular. Y, encima, la ropa sin lavar. El principal problema que le veía a todo esto era que si el móvil tenía Bluetooth y los electrodomésticos también, igual se ponían a hablar entre ellos para matar el rato y me llegaba una factura de teléfono enorme:

—Oye, ¿eres el móvil? Soy la lavadora de casa. ¿Te pillo liado?

—No, estoy aquí, en modo de espera. Cuéntame.

—¿Tú sabes si las camisas blancas con rayas rojas van con la ropa blanca… o con la de color?

En ese momento es probable que el móvil emitiera un chisporroteo y se le fundiera la tarjeta SIM, porque responder a esta pregunta es tan complicado como explicar el fuera de juego o la fisión del átomo. Y si en lugar de preguntas normales les diera por hacer cibersexo, habría que ponerse a cubierto, porque si la batidora se revolucionaba podía salir la cuchilla disparada y matar al gato de la vecina. Lo que le faltaba al pobre bicho. Aunque lo más grave sería que se cruzasen las líneas y el microondas se confundiera con la tostadora, y ésta con la lavadora, y la plancha con el teléfono. Entonces me aparecería un calcetín en el sándwich del niño, la lavadora centrifugaría una loncha de jamón, el televisor se pondría a cambiar canales a toda leche, el horno me empanaría un vestido de noche carísimo y, entre tanto jaleo, agarraría la plancha para llamar al señor Samsung y cagarme en su padre, y sin darme cuenta me cocinaría la oreja.

En fin, voy a tener que dejaros porque está pitando la tetera, y no sé si es que están las lentejas listas o que mi madre quiere mandarme un fax por el pitorro.

El chip prodigioso

El curso escolar no empieza con la apertura de puertas a las aulas y las trombas de niños entrando, ilusionados unos, atemorizados otros. El curso escolar da comienzo cuando se abren otras puertas mucho más temibles: las de El Corte Inglés y las tiendas de material escolar. En plena cuesta de finales de agosto, tras los excesos veraniegos (no sólo gastronómicos sino también económicos) nos toca subir el Tourmalet del uniforme, los libros o lo que le falte al niño. Los padres vivimos en un constante *tour de force* económico. Yo no entiendo de macroeconomía, lo admito; los únicos valores que sigo y rigen mi vida son los que me inculcaron mis padres, y vengo de un barrio que era tan humilde que en vez de los Reyes Magos sólo venían los camellos. El único mercado en el que opero es el de mi zona, y no invierto en bolsa más que cuando pago unos céntimos por una de plástico del súper. Pero, como tantos y tantas, me encuentro atrapada en este tornado de crisis que fue de otros y hoy es de todos. ¿Cuándo parará? ¿Cuánto van a seguir exprimiéndonos? Nos piden que aguantemos el tirón, pero ¡cómo vamos a apretarnos el cinturón si tenemos los pantalones bajados!

El 1 de septiembre en casa tocó coronar un nuevo puerto de montaña cuando llegó una carta del colegio: cinco folios repletos de instrucciones precisas que debíamos seguir a rajatabla para que nuestro hijo fuese a clase hecho un pimpollo. Cogí aire y empecé a leer: niqui blanco con el escudo del colegio y rayita azul en el cuello, para el verano; camisa de manga larga para invierno, con su rayita y su escudo; calcetines azules, pero no azulones, ni azul clarito, sino azules, como la rayita y el escudito de los co... Y el abrigo, y la parka, y los zapatos; tenían que ser mocasines pero sin cordones, con velcro (muy importante), y suela de goma, no de cuero, para no resbalar. Había que hacer un curso para preparar a mi hijo al curso. Para colmo, tenía que comprar tres prendas de cada, porque el niño sale de casa impecable, pero regresa que parece que venga de picar carbón en la mina. No me extrañaría que el año que viene el colegio me incluyese en el uniforme un casco con una linterna. Con el escudito y la rayita, naturalmente. Qué remedio, a seguir gastando. Y yo que lo metí en un colegio concertado para ahorrarme dinero... Concertado con la pasarela de Milán, porque no me jodas: 250 euros que tuve que soltar. Y para más inri, me dice el de El Corte Inglés: «Le damos el 10 por ciento en Corticoles». A mí sí que me ha dado un corticol de digestión, caballero. Menos mal que mi hijo no va a un cole privado, porque, si no, voy a tener que poner un anuncio en el periódico vendiendo mi cuerpo: «Famosa de internet demostrable».

Pero aquel festival del gasto aún no había terminado. Quedaban los libros de texto, la segunda parte del tocomocho ese: cada curso cambian el orden de las páginas y dos chorradas más para que no podamos usar libros de segunda mano de un año para otro. Así que otros 200 euros. Salí de la tienda pensando que si después de gastarme mis ahorros me confundía mi hijo «a ver» con «haber», de la hostia que le metía se hacía académico de la RAE. Cuando sacaba la tarjeta Visa del monedero, el chip se ponía a llorar.

De regreso a casa, caminaba por mi calle sujetando con la mano izquierda ocho bolsas y con la otra las llaves del portal, un gesto que repetimos todos los humanos a diario y que es la prueba definitiva de que en el espacio exterior tiene que haber vida inteligente, porque lo que es aquí, vamos justitos. Mientras metía la llave en la cerradura saltó un aviso en mi móvil. Dejé las bolsas, lo saqué del bolso y lo miré. Juan estaba en el parque con los niños y llegaría en una hora. Bien, aprovecharía para colocar todo lo comprado y ordenar el armario del niño. Tenía tal desmadre dentro que si lo abría aparecería en Narnia. Me adentré en el portal y abrí el buzón. Entre los folletos de comida rápida había varias cartas del banco y otra más del colegio. Resoplé. Los nervios me empujaron a abrir primero la carta del colegio. Empezaban pidiendo disculpas, supuse que por habernos situado en el umbral de la pobreza. Pero no. En la primera carta habían olvidado un pequeño detalle: la ropa de deporte. Acto seguido enumeraban las camisetas, pantalones (cortos y largos), chaquetas, calcetines y zapatillas (con sus preceptivos escudos y rayas) que debía comprar ipso facto. Al entrar en casa fui directa al sofá. Me senté, cogí un bolígrafo, un papel y el periódico de hacía tres días que seguía sin leer. Pasé las páginas hasta llegar a los anuncios de relax. Entonces apoyé el folio en la mesa y empecé a escribir mi anuncio: «Famosa de internet...».

Héroes

I will be king
And you
You will be queen
Though nothing will drive them away
We can beat them
Just for one day
We can be Heroes
Just for one day

DAVID BOWIE, *Heroes*

Una mañana despertamos y descubrimos, de pronto,
que somos prescindibles. Demasiado pronto. Crecen,
adiós a la guardería y a los juegos. Adiós a los babis
y a la arena en los zapatos. Adiós a los cuadernos de
dibujo, los muebles de Liliput, los problemas de Liliput. Todos con deberes de verdad. Todos al mismo
comedor. Mismo patio. Mismas guerras. Nuevos ce-

los. Misma hora de entrada. Misma de salida. Los premios serán sobresalientes y no pegatinas de estrellas, o dibujos de caras sonrientes. Los disgustos serán suspensos y no caras tristes pintadas en la mano. Ya no te piden que los tomes de la mano para ayudarlos a bajar un escalón. Ya no eres tú quien acude a despertarlos. Bajan solos de la cama. Encienden la tele, miran dibujos animados, juegan a videojuegos, abren Facebook, encienden el móvil, escriben a sus amigos, a sus colegas, a la pandilla. Al novio. O a la novia. Y ahí ya se acabó. Ese nuevo amor es el centro de su universo y del cosmos. Es el amor de su vida, ¡de su vida entera! Porque su horizonte es tan breve como el impulso de cada una de las emociones que van marcando a pálpitos su día a día. Además, ¿tú qué sabes? Tú no entiendes. Tú no sabes lo que es el amor ni lo que es nada.

Pero sabemos, claro que sabemos. Cuando decimos «cielo», «princesa», «rey» o «reina», es el apelativo más sincero que oiréis nunca. Porque sois nuestros príncipes y nuestras princesas, porque no hay nada por encima de este amor. Todo se detuvo cuando nacisteis. Todo se detiene cuando reís. Decían en una película que el pasado es una cosa que nos contamos a nosotros mismos. Es verdad. Construimos nuestros recuerdos a partir de otros recuerdos; elaboramos ensoñaciones imposibles que las emociones retocan en un brillante Photoshop donde el tiempo diluye las arrugas y las imperfecciones. Por eso hay que exprimir cada segundo, entregarse al máximo. Tenemos la obligación, el placer, ¡la suerte!, de ser mucho más que imprescindibles. Tenemos que ser Héroes. Tenemos la oportunidad y el gran privilegio de hacer de la vida de nuestros hijos algo especial. «A veces la infancia es más larga que la vida», escribió Ana María Matute. Sí, es hora de crearles los recuerdos más felices. Tus recuerdos, tu felicidad, ya no son las tardes en el parque de atracciones, mañanas de Reyes donde la primera mirada no se dirigía al juguete, sino a comprobar los cuencos de cerámica vacíos de peladillas, turrón y leche que demostraban sin sombra de duda que todo era cierto. La felicidad no es aquel beso del chico (mayor) que nos gustaba y que por fin se fijaba en nosotras, y que poco después nos rompería el corazón, cuyos pedazos envolvimos en cartas llenas de corazones de bolígrafo verde y rosa. Tampoco los domingos de cine, de palomitas ¡Gol!, de tardes de discoteca con aparatos en los dientes y kilos de maquillaje, camufladas de infantiles adolescentes para que el portero se apiadase de nuestra mirada cargada de ilusión y miedo, o el viaje de fin de carrera con diez amigas inseparables para toda la vida, con las que hoy apenas mantenemos contacto. No es tampoco aquella primera caricia sincera, quien te apartó un mechón de pelo, quien pronunció un «te quiero», te llevó a una cena especial a un sitio que se hizo vuestro, ni los planes que iluminaron tus noches y tus sueños de aquel viaje que nunca llevaste a cabo. No. La felicidad, el amor, todo, es esto. Ellos. Tus hijos.

Mis hijos.

Pablo apura su cena mientras cuenta a su padre su día en el colegio, las letras que ha aprendido a escribir y las palabras que ya sabe leer. Paso junto a ellos. Juan me observa brevemente con ternura. Soy afortunada. En la sala de espera de la vida he encontrado a un especialista en hacerme feliz que me ha proporcionado dos hijos, sístole y diástole de mis emociones. Llego al dormitorio de Julia. Estiro las sábanas, doblo la parte superior para que la cenefa rosa bordada quede alineada. De fondo escucho que Pablo le pide a su padre que le cante una canción mexicana. Golpeo las almohadas para acomodar su relleno. Observo la cama y paso la palma de mi mano para alisar el algodón, más como una caricia, como una forma de agradecer que proporcione a mi hija descanso, igual que se acaricia un buen libro al terminarlo. Julia se sube a la cama y se sienta junto a mí. Agarro uno de mis calcetines y lo meto en mi mano. Le pongo mis gafas y hago una marioneta llamada El Señor Calcetín, que hace que se parta de la risa. A veces se fija en mi boca como pensando: «Aquí mi madre me está vacilando pero mucho». Me encanta verlos disfrutar, pero, ay, lo cierto es que quisiera que creyesen que esa marioneta es real, que interactuasen más con ella y no que me demuestren que en el fondo saben que todo se reduce a un simple calcetín. No sé, yo a su edad era tan ingenua… Bueno, a su edad y hasta los diecinueve. Y los treinta y dos, si me apuras. Un bostezo de Julia hace caer el telón de la función. La acuesto con un beso y una caricia. Cuando regreso a la cocina, Juan está cantando con su dulce acento. «México, México, te llevo en el corazón…» Pablo le mira feliz. Juan anuda con cuidado de cirujano el babero de Pablo, desde el que sonríe un enorme mono moteado de trozos resecos de comida, y le da las últimas cucharadas de puré.

Me acerco hasta Pablo. Le aparto el flequillo y observo con ojos de milagro. Me inclino hacia él y le beso con ese dramatismo tan propio de las madres.

—¿Sabes, hijo? —le digo mirando a sus ojitos achinados—, en tu corazón tienes algo de México.

Pablo me mira fijamente, se señala el babero y responde:

—No, mamá, en mi corazón tengo un mono.

Agradecimientos

A Enfermera Saturada, pieza fundamental para lograr que este libro exista, y al equipo de Plaza & Janés. A todos los que han contribuido con ideas y anécdotas: los compañeros de ASM '93, y en especial a Gonzalo Navas-Migueloa; a Belén Vidal, Beatriz Rico e Ismael Durán @ElBicharraco; a Luis Montero, por las buenas ideas que me diste para el primer libro (te lo debía), y a Roberto López-Herrero, por apoyar con paciencia todos los proyectos marcianos que te propongo.

Y, por supuesto, a todos los que desde 2007 habéis pasado por esta caja registradora de lo absurdo y lo brillante que nos rodea.

A todos, gracias.